文学的祖国

薛忆沩 著

上海三联书店

目 录

序

2006年到2007年之间，我同时为两家全国性的报刊(《南方周末》及《随笔》)和一家地方性的报纸(《深圳商报》)写了整整一年以“书”为本的专栏。这些被《随笔》杂志主编称为“令人耳目一新”的专栏作品在读者中引起了热烈的关注和反响。其中的一些作品成为人们反复谈论的“名篇”(如《“专门利人”的孤独》),不少的作品被选入包括《中国随笔年选》、《文学中国》及《读者》在内的各种选刊。这三组专栏作品是这本书的主体。

这本书中还收入了上个世纪末发表在港台报纸上的一些作品以及最近两年在《南方周末》等国内报刊上发表的作品和

去年底在《深圳特区报》上开设的读书专栏中的主要作品。

这些作品的“出处”现在已经变得微不足道了：因为这些在首次发表之前已经精雕细琢的作品在进入这本书之前大都又经过了一丝不苟的改写。其中不少的作品甚至与原作已经判若两篇。

改写是一种奇特的经验：它见证时间的神秘、语言的微妙以及心智的执着与虔诚。我是一个不断改写自己的写作者。

我相信这些不断完成的作品会再一次给陌生和熟悉的读者带来“耳目一新”的感觉。

薛忆沩

2011年5月于蒙特利尔

惊心动魄的入口

如果敢于亵渎神灵，不妨设想一下将我的“圣经”删节到只剩下了一个句子。

这个句子将会这样展开：“许多年之后，当他面对着行刑队的时候，奥雷良诺·布恩迪亚上校将会回忆起他的父亲带他去看冰的那个遥远的下午。”

这就是《百年孤独》惊心动魄的入口。

这无疑是一个充满惊险和曲折的入口，迷宫一样的入口。为了确保阅读的顺利“进入”，我们不妨将这入口整理成一条与时间相应的线段。这线段的左端点当然是记忆中的“那个遥远的下午”，而它的右端点则处在那“许多年之后”。不难看出，与传统的顺叙和倒叙方式都不相同，小说的叙述是从这条时间线段的中间开始的。我几次称它为“半途而兴”。

小说的叙述首先沿着时间的方向进行。不过它动作极为猛烈，一口气就跳过了“许多年”。这“许多年”的转瞬即逝带来了孤独的第一阵痉挛。但是，这跳跃并不是关键。关键是，它一口气就跳到了“行刑队”的面前。也就是说，在《百年孤独》的入口处，与孤独关系极为密切的“死亡”已经迫在眉睫。这种与死亡的面对带来了孤独的又一阵更痛苦的痉挛。

这个享誉文学史的句子的主体还没有显露，小说的主人公就已经站到了生命的终点。这意味着小说的叙述不可能再盲从时间的流动。它必须从相反的方向去扩展空间。它必须逆时间之流而上。

只有记忆能够帮助叙述完成这艰巨的使命。而记忆正好又是孤独最重要的资源。孤独的上校果然求助于“记忆”：他“回忆”起了“那个遥远的下午”。也就是说，叙述从时间的右端点越过叙述的起点，回到了时间的左端点。这显然是比那“许多年”更大的跳跃。而且，它还是更难的跳跃，因为它需要克服时间的阻力。

“记忆”带来了孤独的第三阵痉挛。它同时将叙述带回到了一个极为敏感的部位。出现在“那个遥远的下午”的不仅有深不可测的“父子关系”(孤独的另一种资源),而且(更重要的),还有一块神秘莫测的“冰”。

被主人公视为“我们时代的伟大发明”的冰是《百年孤独》的灵魂。事实上,它是一切时代最伟大的发明,因为它象征着孤独最孤独的起点:神秘莫测的爱情。

就这样,“记忆”将叙述带到了孤独的起点。在这里,“爱情”并没有暴露身份,但是它已经拥有了自己的“体温”。这“体温”带来了孤独的又一阵痉挛。《百年孤独》将用它全部的篇幅去显现这“体温”的破坏力。

从这惊心动魄的入口,我们可以看到整个《百年孤独》的结构:它的一端是“火”(行刑队即将开火)代表的死亡,另一端是“冰”代表的爱情。时间拉开了这两个端点之间的距离,而记忆则试图将这种距离抹去。孤独在时间与记忆的冲突中肆虐,它用“火”的热与“冰”的冷将人生和历史引向一个惊心动魄的出口。

“圣经”的第一自然段(外一篇)

我的“圣经”初版于 1967 年,作者是哥伦比亚人,原文是西班牙文。因此,我的“圣经”不是始于“太初”,如《旧约》;也不是始于耶稣的家谱,如《新约》。我的“圣经”始于“许多年以后……”

这哗众的启动方式曾经激荡过许多人对“叙事”的热情。那“许多年以后”的事件其实发生在故事结构的中部,因此,我们不妨将这种启动方式称为半途而“兴”。这第一个句子的短期目的显然是交代人物。但是,它的最后那个字暴露出了它的长期打算:它已经在眺望小说第一章的结尾,或者说它已经在逼近整个小说的核心。在第一章的结尾，第一代孤独者将用那个字命名的奇观称为“世界上最大的钻石”。而饱经风霜的吉普赛人纠正他说那只是一块“冰”。在小说中，“冰”代表着百年孤独的温度。

《百年孤独》第一自然段的第二个句子设定了地点又暗示了时间：流过马孔多的河流清澈见底。河床上白色的巨石像“史前时代的蛋”。第三个句子进一步将时间圈定：那时候，“许多事物还没有名称”，人们要靠“指”才能“称”。地点和时间刚刚确定，吉普赛人就出场了。在第四个句子的最后，读者看到了他们带来的“新的发明”。

这些新的发明将要改变与世隔绝的马孔多的命运，因为它们撩动了孤独者“无法遏制的想象力”。由第五个句子引进的“磁铁”是吉普赛人演示的第一项发明。这项发明使“甚至那些丢失多年的物品都出现在被人翻找过多次的地方”。在吉普赛人看来，导致这奇迹的原因是“事物都有生命”，而这项发明的价值就是去“唤醒事物的灵魂”。

可是，小说中的第一代孤独者却偏偏要将这深奥的发明下落到实处。他的想象力将他带到了想象力可以抵达的最黑暗的地方。他要用磁铁去寻找金矿。吉普赛人的诚实无法阻止他。他妻子的纠缠也无法阻止他。他开始了狂热地寻找。他找遍了每一寸土地。他唯一找到的是一具“15世纪的盔甲”。

为什么一定是“15世纪”？这遥远的数字有鲜明的指向。它指向西班牙，它指向征服，它指向与征服相伴的远离，它指向与远离相伴的思念，它指向与思念相伴的孤独。盔甲被时间锈结成了一个整体。在第一自然段的第十七个句子里，孤独者听到了来自这盔甲内部的历史的回音。

如果马尔克斯只想以大师自居，《百年孤独》的第一自然段可以在这已经道高一尺的第十七个句子结束。但是，马尔克斯显然知道他正在写作的是一部“圣经”。他要神化文学，他要神化写作，他要神化自己。因此，他一定要写出第十八个句子，一个魔高一丈的句子。在这个句子中，锈结的盔甲必须被打开。不出所料的是，读者看到了一具骷髅，而且是“钙化了的骷髅”。大出所料的是，这骷髅的脖子上还系着一个失去了光泽的小铜盒。读者还来不及去想象，作者就将这小铜盒打开了。呈现在读者面前的是一束“女人的头发”。

这一束“女人的头发”掀起了这波澜壮阔的小说中的第一个波澜。它将第一自然段的结尾与开始连接在一起。它将爱情与死亡连接在一起。它为一座想象的丰碑奠基。

马尔克斯没有去描绘孤独者经受这波澜冲击之后的反应。读者只能从自己的惊愕中去想象他触目惊心的表情。

“圣经”的第二自然段(外二篇)

我的“圣经”(《百年孤独》)第二自然段的第一个句子就与第一自然段建立了密切的联系。时间仍然是“三月”,另一个“三月”;人物仍然是“吉普赛人”,同一群“吉普赛人”;事件则是作品中不计其数的“循环”之中最早完成的“循环”:这同一群吉普赛人在第二年的三月又出现了。他们的“返回”在第一代孤独者孤独的灵魂中掀起了更大的波澜,因为他们带来了最新的光学成就:一架望远镜和一块凹透镜。

有初中以上文化程度的读者在第二个句子之后就应该对即将发生的事件有模糊的感觉。如果出现在第一自然段里的发明唤醒了孤独者对时间的感觉，这光学的成就即将影响到的就是孤独者对距离的看法。在演示完望远镜的奇迹之后，吉普赛人梅尔基亚迪斯宣称："科学已经消灭了距离。"他接下来的预言更是超出了光学的范围，闯入了电子的时代。他预言："过不了多久，人们足不出户就能够看到在世界上任何角落所发生的事情。"

首先激活孤独者的是凹透镜的奇迹。他幻想它可以被改造成为武器，用来进行远距离的攻击。他用那两块毫无建树的磁铁以及他妻子埋在床底下的私房钱从试图阻止他的吉普赛人那里换到了望远镜和凹透镜。他不理睬他妻子的伤心和担心。他用自己的身体去寻找透镜的焦点。还有一次，他几乎将自己的房子点燃。他完成了精确的计算，写下了详细的报告。他托信使将他的报告带往首都，希望政府和军队的首脑会对他的项目发生兴趣。

几年的等待没有任何结果。梅尔基亚迪斯同情他的处境，用他妻子的私房钱换回了令他极度沮丧的凹透镜。同时，他还留给了他一些葡萄牙人绘制的地图和一些天文仪器，并且为他写下了那些仪器的使用方法。地图和仪器再一次将孤独者带离了现实，而且很可能是永远地将孤独者带离了现实，因为它们将通过理智的力量向孤独者呈现一个“外面的世界”。

他开始沉醉于望远镜的奇迹。他在房子的后面建起了一间小屋，在那里用枯燥的分析和计算度过了漫长的雨季。接着，他又整夜在院子里观察星移斗转。随着他看到的世界越来越大，他生活的世界却越来越小：他完全忘记了世俗的责任；他完全失去了生活的情趣。他养成了自言自语的习惯。除了那个无边无际的宇宙，他的世界里只剩下了方寸之间的自我。这两个体积上的极端都是孤独的家园。它们之间巨大的张力更加深了孤独对孤独者的折磨。

孤独者必须要有所发现，才能够逃脱这种能将他引向毁灭的折磨。“突然”，转机出现了：他混乱的自言自语突然变成了一串句法正确但是意义可怕的“结论”。在12月的一天中午，他终于同时从那两个极端的世界里走了出来，走近了他所有的孩子，那些将要在随后的阅读中用更深的孤独冲撞我们的孩子。他准备向他们宣布他危险的发现：他漫长的专注和狂躁的想象带来的危险的发现。

他“令人敬畏的庄严”震撼了等待他的发现的那些幼小的心灵。孩子们的生命从此都带上了这种表情的烙印，那个时刻的烙印。或者说，他们的生命就是从这种突如其来的震撼之中开始的。如果这样，紧接着这种震撼，他们听到的就是他们生命之中的第一句话。他们孤独的父亲向他们宣布说：“地球是圆的，就像一个橙子。”

因为这个发现，所有认识他的人都断定，这第一代的孤独者已经完全失去了理智。

那一次没有终点的旅行

为什么马尔克斯选择从23岁那年的一次“即兴的”旅行开始他的自传？《为叙述而活着》(*Vivir para contarla*)的第一个句子是：“我母亲叫我陪她去卖那所房子。”这时候，这个前途未卜的年轻人刚刚决定放弃学习法律，准备献身于艺术。他的决定令他的父母心急如焚。

“去卖那所房子”只是母亲让儿子陪她回家乡去的借口。母亲真正的用心是想一路上力劝“浪子回头”。而马尔克斯之所以从这个细节开始他的自传，显然不仅仅是想模仿许多年以前他震惊世界的那种半途而“兴”的叙述方式，更重要的，是因为这“即兴的”旅行意想不到地接生了他“为叙述而活着”的生命。

首先，这两天的旅行将马尔克斯带回到了过去。他的想象力和好奇心第一次被“怀旧”击中。当列车接近终点的时候，香蕉种植园“马孔多”的门牌又引起了他的注意。许多年以前，这名字就曾引起过他“诗意的共鸣”。而这两天的旅行的终点是家乡的小镇。流经那里的河水“清澈见底”，河床上的石头又白又大，“像史前时代的蛋”。许多年以后，坐落在河边的“马孔多”变成了《百年孤独》中往事云集的村落。

更重要的，这两天的旅行为马尔克斯疏通了通往远大前程的道路。推土机掌握在小镇医生的手中。在马尔克斯的记忆里，这医生是一个幽灵，因为下课后他与同伴们潜入他的花园去偷芒果时，他枯瘦的身影总是会骤然出现在他们的面前。

这一次，是马尔克斯被母亲带到了医生的面前。不出所料，医生的第一个问题与所有大人的一样，他问到了他的学习。母亲打断儿子拐弯抹角的叙述，向医生投诉说这异想天开的年轻人竟想当作家。

出人意料的是，医生的反应与所有大人的都不一样。他惊喜的目光点燃了马尔克斯的希望。“这可是上天的恩赐啊。”医生这样说。

医生接下来的问题也与所有大人的都不一样。他兴奋地与马尔克斯谈起了作家和作品。他的兴奋令马尔克斯兴奋。往日的幽灵变成了此刻的奇迹。医生鼓励这个许多年以前在他的花园里偷摘芒果的年轻人说:“我没有读过你的作品,但是你的谈论已经像一个作家了。”

急待外援的母亲慌了。她解释说她并不反对儿子的选择,但是生活应该有可靠的基础。曾经也向往写作的医生说,他的父母当年也是用同样的方式诱逼他弃文从医的。他说:“现在我是医生,可是我并不知道在我的病人中有多少人死于上帝的意志,又有多少人死于我的医术。”

母亲被医生的怪招逼到了最后的防线。她哀叹儿子的选择意味着他放弃了“一切”。医生乘胜前进。他说这种“放弃”正好是“不可动摇的决心”的证明。他说艺术的神秘之处就在于献身者愿意为它奉献自己的一生而不求任何回报。他说只有“爱情”具有同等的魔力。他最后确诊说,去阻挠这种决心是“对身体致命的伤害”。

许多年以后,马尔克斯仍然惊叹这往日的幽灵如此奇特又如此强悍的推理。这简明的推理涵盖艺术,精神,命运,爱情,最后直逼死亡。它的功效显示了它的力量。

忧心忡忡的母亲不再阻挠一意孤行的儿子了。但是，他们需要用17年的等待才能够彻悟这一次旅行对文学史的意义。这是一次没有终点的旅行。它的行程将被阅读不断延续下去，延续到更远的百年之后，延续到更深的孤独之中。

两个“普通”的古巴人

我与海明威分手已经很多年了，那个一直困扰着我的问题却仍然在困扰着我。

海明威在 1939 年到 1960 年期间定居于古巴。他可以说是“亲历”了卡斯特罗领导的古巴革命。那个一直困扰着我的问题是：海明威与卡斯特罗究竟有什么关系？

偶然在一家新开的图书馆见到这本题为《海明威在古巴》的“图文并茂”的书。其中的第 18 章对我有解惑的“实用”。

这一章的题目是“卡斯特罗与海明威”。它从当时世界上两个最著名的大胡子相遇的那张照片开始。照片拍摄于 1959

年。这时候，照片中的黑胡子刚刚洗去“野战”的尘埃，正趾高气扬地登上前景迷幻的国际舞台；而照片中的白胡子对尘世已经心灰意冷，正消沉地逼近他擅自设定的生命的终点。

这“实用”的一章最后停留在2002年11月11日。这一天，世界上唯一的海明威故居博物馆在古巴开放。卡斯特罗“即兴地”出现在开馆仪式上。他的出现改变了仪式的格调和长度。以长篇即兴讲演著称的革命家在信奉“冰山原则”的文风简练的大作家的故居略加收敛。他的即兴讲演仅仅持续了30分钟。

卡斯特罗首先感谢海明威在古巴的居住和创作。他用浪漫的措辞概括“前所未有的”《老人与海》。他的很短的概括里出现了“孤独”，“自白”，“沉思”，“反省”，“梦想”以及“奋斗”这样一些很大的词。

接着，卡斯特罗强调海明威的作品不是小说，而是历史。他说不懂历史就不会知道“人的局限”。他抱怨人类在重犯历史的错误。

接着，卡斯特罗解释海明威的《丧钟为谁而鸣?》对他个人的特殊意义。他说这部小说教给了他“以少胜多”的信心和门径。他从中学会了如何用散兵游勇去应对装备精良的正规部队。他记得小说中的一个细节：一个狙击手埋伏在一个隘口注视着一支接近的骑兵队。他从此“启蒙”，得知“有利的位置”可以让一个人创造“万夫莫开”的奇迹。

然后，卡斯特罗谈到他与海明威仅有的那一次见面。革命刚刚胜利，他被邀请去参加海明威组织的为期三天的捕鱼比赛。他因为“碰巧”捕得一只巨大的枪鱼而获得一等奖。他从“老人”的手上接过奖杯。这标志着他赢得了“海”的信任。

卡斯特罗很遗憾自己与海明威仅有这一次见面。他说人们总是相信来日方长，而等待的结果通常是意想不到的噩耗。后来，他只能与悬挂在办公室里的海明威与一条枪鱼的合照长谈。他肯定照片中巨大的枪鱼就是出没在《老人与海》中的那个“英雄”。

最后，卡斯特罗告诫说，艺术品的魅力会“持续几千年”，文学的生命将长过“我们所有的人”。认识不到这一点的人被他蔑称为“野蛮人”。

当海明威抵达荣誉的顶峰，成为1954年诺贝尔文学奖的得主时，卡斯特罗正在巴蒂斯塔王朝的监狱（他生命的最低点）等待着渺茫的“幸免”。海明威用西班牙语接受得奖后的第一个采访。他说他很高兴作为一个“普通的古巴人”（Cubano Sate）而获得这项荣誉。他将荣誉献给他的“祖国”。

能够翻天覆地的卡斯特罗同样自称是“普通的古巴人”。两个颜色相悖的大胡子格调一致的“谎言”道出了他们共同的心声，道出了他们对共同的“祖国”爱得深沉。

第五幕第一场

首先上场的是两个乡下人。他们上场来为那个刚刚死去的人挖掘墓坑。

可是在开工之前,这两个乡下人为死者是否能够用基督教的方式下葬展开了争论。这相持不下的“礼仪”之争只可能以一方的“下场”而结束。当哈姆莱特和他的朋友走到前台来的时候,舞台上只剩下了一个掘墓人。事实上,这个掘墓人也离开了观众的视野:他下到了墓坑里面,开始最后的挖掘。

哈姆莱特听到了他幽默的歌声。他不理解掘墓人怎么能够如此轻松地对待这种与死亡相依为命的劳作。他的朋友认为是习惯导致了这种轻松。哈姆莱特不可能“习惯”自己突然需要面对的逆境，但是，他似乎也需要摆脱掉一直笼罩着他的沉重，由死亡带来的沉重。当随着掘墓人工作的节奏开始关于死亡的最后一轮思考的时候，哈姆莱特有点玩“死”不恭的味道。这表面的放松不仅没有分散他对目标的注意，相反，它让他能够更清醒地接近自己的使命。现在到了关键的时刻：他离他的成功只有“一篑”之差了。他已经不再犹豫。“生存还是毁灭”对他已经不再是一个问题。

掘墓人扔出来的第一个骷髅头好像是他第二段清唱的休止符。哈姆莱特用桀骜不驯的思绪来填补歌声之间的停顿。他开始想象死者生前的身份和生活。他要用死亡来揶揄生命。他要“粪土当年万户侯”。死者也许曾经是一个得心应手的谋士或者一个巧舌如簧的侍臣。可是，再高的心术和再深的计谋也不可能改变上帝最后的判决。这最后的判决将参差不齐的生命变成了毫无差别的尘土。

掘墓人的铁镐紧跟着王子的思绪。在第三段清唱的最后，它触到了另一个骷髅头。掘墓人将它扔出来，扔到了哈姆莱特的脚下。这一次，年轻的王子将死者想象为一个律师。他开始向这“成功人士”在世间一晃而过的声势和虚荣发起进攻。一个能够强词夺理的大脑最后也逃脱不了时间的腐蚀，也只不过是蚂蚁的美食。现世的繁华被死亡的魔力扭曲成了过眼烟云。

两个从前的死者引起了哈姆莱特对即将下葬的死者的兴趣。他与饶舌的掘墓人费劲地交谈起来。他得知墓坑的新主人是一个女人。这并没有引起他特别的注意。他注意更多的是自己的近况：掘墓人告诉他说精神失常的哈姆莱特王子已经被送到英国治病去了。他好奇地向他打听自己为什么要被送往英国治病以及为什么会病。掘墓人的两个回答都很风趣。这是在高潮到来之前最后的轻松。

掘墓人挖出的老国王弄臣的头骨将悲剧拉回轨道。哈姆莱特突然停止了对生命刻毒的挖苦。他回忆起这个丑角给自己的童年带来过的快乐。面对曾经妙语连珠的“故知”毫无表情的头骨，年轻的王子充满了恐惧的想象。他又回到了关于死亡沉重的思考之中。他开始想象昔日那些所向披靡的帝王在坟墓里悄悄腐烂的模样。

他的思想引来了国王、王后以及所有的大臣。如此高规格的葬礼使他终于意识到了即将下葬的女人正是他为了自己的使命而不得不牺牲的爱人。他还来不及内疚就已经被奥菲利娅兄长的误解触怒。他接受了决斗的挑战，同时也陷入了在上一幕的最后就已经设下的圈套。正是这挑战使他得以完成自己的使命。正是这圈套使他的完成要付出最昂贵的代价，要演变成最经典的悲剧。

年轻的王子在死亡之前不仅完成了关于死亡的全部思考，而且完成了对死亡的“实地考察”。这第五幕第一场是最漂亮的“结束的开始”。

文学的祖国

如果我能够从一本书里面引出如下的一些句子，我引用的是哪一本书？

我深信，语言是我周围的世界混乱的根源。

口语好像是暴雨，书面语言则似乎是缓慢移动的白云。

人们以死亡来雕琢历史。

时间将我分析成一些基本的元素。我用这些元素组织起一个混乱的世界。这个世界中有一颗骚动不安的心。我假定那是我的心。

在我感到寂寞的时候，我进而感到自己是唯一的实在。

我无时无刻不在犹豫。我就是犹豫。

每个人都是死亡的候选人，而且都是一定能够最终获胜的候选人。

如果我能够从一本书里面引出如下的一些句子，我引用的会不会是同一本书？

去思想就是去毁灭。

我靠近的每一个柔软的事物都用锋利的刀刃刺伤我。

我已经悄悄地见证了我生命的逐渐瓦解，见证了我想成就的一切缓慢的隐没。

我写作就像我记账一样，细心又冷漠。

对我来说，世俗的爱是平淡的，它只能提醒我失去了什么。

我在很大程度上就是我写的作品。我将自己在句子和段落中展开，我给自己加上标点。

我感觉如此无聊，我的泪水几乎都要涌出来了：不是那种会流下来的眼泪，是那种会留在内心深处的泪水。那种泪水起因于灵魂的病症，而不是肉体的疼痛。

这两组引文来自两本不同的书。其中第二本书的主体是一部由481个片段组成的“没有事实的自传”。作者将这部作品的著作权转让给了里斯本的一个助理簿记员。这个虚构的人物用作品的第一句话告诉我们:他“出生在一个大多数年轻人已经不信仰上帝的时代”。而第一本书的作者称他的作品的主体部分是一个自愿失业的“业余哲学家”留下的日记。这位“业余哲学家”的一封短信出现在作品的开始。他在信中这样写道:“作为我们这一代人中的一个例外,我只有在消失中才能够感到完美。”这个“虚构地”生活在20世纪末期的中国人与那个“虚构地”生活在20世纪初期的葡萄牙人在性格和思想上有许多的相似之处。

翻读佩索阿的《焦虑之书》(*The Book of Disquiet*),我想起了我的《遗弃》。佩索阿曾经借用他的虚构人物的名字发表自己的一些诗作,而我也将自己在1988年前后写下的那些没有人能够理解的短篇小说慷慨地转让给了虚构的“业余哲学家”。这种转让使我不得不在一篇文章中佩服我的虚构人物“比我自己更高的”文学才能。看到这虚构的人物将我疯狂地写下的那些作品冷漠地安插在自己的日记里,我感到过难忍的嫉妒。我的这种感觉显示出我并没有能够借助写作来忘记自己。而《焦虑之书》的英译者在他漂亮的导言里告诉我们：最早忘记了佩索阿的是佩索阿自己。

但是，我们不能够像佩索阿一样忘记佩索阿。这个孤独的葡萄牙人靠翻译商业文件维持他简单而短暂的生活。他没有复杂的社会关系，对世俗的“爱情”更是或许从来没有过“体”验。像同时代的卡夫卡一样，他生活在灵魂的“城堡”里。这“城堡”的遗迹被语言保存下来。当我们以阅读的名义闯入这神秘的世界，我们会看到无数的镜子，我们会从这无数的镜子里看到无数的自己。

“我的祖国是葡萄牙”，《没有事实的自传》的作者这样写道。这显然也是佩索阿自己的声音。语言是文学的祖国。这祖国蔑视阶级的薄利，集团的短见以及版图的局限。这是最辽阔的祖国。这是最富饶的祖国。

在黑暗中窥探

当年西南联大外语系的莎士比亚课上没有教材，任课的英籍教师就凭着记忆将要讲授的剧本一行一行地抄写在黑板上。后来，学生们发现，他们这位行止古怪的教师的记忆居然“完全”忠实于原作。这不能不激起他们对他终生的敬仰。

这位英籍教师毕业于剑桥大学的数学系。后来，他又继续在那里学习文学。他在 23 岁那年(1930 年)出版了他的成名作《歧义的七种类型》。这部文学批评的名著一直到 70 年代都雄踞在英美各大学文学系学生的必读书目之中。同时，他又是一位出色的诗人。虽然批评家的名声冲淡了他的诗名，他仍然作为诗人在20世纪的英国文学史上享有很高的声誉。

阿特伍德(Margaret Atwood)的《与死者协商》由她在剑桥大学2000年的“燕卜生(William Empson)讲座”上的六篇讲稿构成。这个以那位曾经两度在剧烈动荡的中国任教的著名学者命名的讲座是世界上最出名的文学讲坛之一。阿特伍德在这本书的前言中提到了燕卜生因为被发现在宿舍里藏有避孕药品最后被剑桥大学开除的事。她挖苦地说,现在的大学可能会因为发现在学生的宿舍里“没有”避孕药品而将学生除名。她欣赏燕卜生的固执:他没有因为生活中的挫折而放弃文学上的追求。这是她乐于接受以他命名的讲座的一个理由。

时代总是在发生激进的更变,而作家们面对的问题却始终没有太大的变化。正是这种相对的稳定使阿特伍德可以“狂”征博引。她在这六次演讲中引用了128位作家的150部作品。她津津乐道的谈论读起来果然津津有味。

阿特伍德第一次演讲的关键词是“方位”。她在这里谈论作家是一种什么样的人并且讲述她自己怎样成为了其中的一员。她生动的讲述让我想起几年前她在一次采访中对一位远祖的“回忆”。在一次宗教冲突中,她那位远祖的脖子几乎被对手砍断。然而,它还是支撑着高贵的头颅,经过很长的一段颠簸，将她的那位远祖带回到了家里。阿特伍德借古喻今，她说一个想以写作为生的人必须要有类似的脖子，最坚硬的脖子。只有那样，他才有可能顶住世俗对他的冷漠和轻蔑。

第二次演讲的关键词是“双重身份”。阿特伍德在这里谈论作家天然的尴尬处境：作家既生活在真实的世界中，又生活在虚构的世界里。这种长时间的两地分居给作家的身心带来了极大的压力。更尴尬的是，作家不得不经常虚伪地生活在真实的世界中（像所有人一样），但是，他又不得不永远真诚地生活在虚构的世界里。这种激烈的矛盾似乎只可能以放弃写作或者了断生命来解决。与生俱来的双重身份使作家对自己总是充满了敌意和怀疑。

第三次演讲的关键词是“奉献”。阿特伍德在这里谈论作家在献身于艺术还是委身于市场之间经久不衰的犹豫。到底应该去追逐“流芳百世”的虚荣还是应该去保守“潇洒走一回”的实惠？即使像阿特伍德本人这样“艺术”与“市场”两全的作家也很难有“齐美”的得意。每次听到别人谈到她的作品的“畅销”行情，她总是有贬值的羞愧和忧虑。她总是辩解说，她不是“有意”而成为畅销书作家的。她不愿意她在市场上的温度抢走了她在艺术上的光彩。

在以“诱惑”为关键词的第四次演讲中，阿特伍德谈论作家的社会角色。作家的生活是不是一定要实证“人如其文”的逻辑？作家的写作到底受不受“社会责任”的制约？作家是应该站出来骂人，还是躲起来修身？作家应该是一个勇敢的“终结者”，还是一个睿智的预言家？作家究竟是魔鬼的化身，还是上帝的信使？作家要用语言的魔杖来主持公道，还是去传播怨恨？或者说，作家到底应该怎样去接受和再现语言的诱惑？阿特伍德展开了所有这些只能展开却无法“正确”回答的问题。

作者与读者通过作品建立起来的暧昧关系是关键词为“契合”的第五次演讲的重心。阿特伍德从“日记”开始她的谈论。日记显然是最原始的“作品”，因为它的读者通常只是作者自己。而狄金森将日记当成是她写给不会给她写信的世界的“信”。这可以算是一种进化。这种单程的信不断地写下去，最后自然就会出现满足阅读需求的“作品”。作品是一个独立的实体。借用狄金森众说纷纭的诗句（I'm Nobody!），阿特伍德说，渴望在作品中“契合”的作者和读者其实都只是“Nobody”。她最后还特别强调，读者不是“他们”，而是“你”。就像写作一样，阅读在本质上只是一种“单数”的行为，孤独的行为。

第五次演讲的关键词是“祖先”。阿特伍德终于站到了冥府的门口。在她看来,所有伟大的写作都是来自对腐朽的恐惧和对不朽的痴迷。她回到了最初的问题:作家是一种什么样的人?她的回答很利索:作家就是准备进入冥府去与死人谈判的人。作家要通过这种难度极大的谈判从自己的祖先那里获得通往不朽的指南。接着,还要用自己的天赋和毅力往那眼花缭乱的指南里添加一个“新的联系人”,让不朽成为自己最高的荣誉。

阿特伍德用她40年前的一次提问结束这本书的前言。她问一位医学院的学生,人体的内部是什么样子。那个年轻人的回答令她刻骨铭心。他说:“那里是一片黑暗。”阿特伍德从此没有再离开过那“一片黑暗”。她相信,选择了写作就是选择了黑暗。她相信,写作就是在黑暗中的窥探。

爱情与肥皂

即使将他细腻和精致的写作放在一边，关于屠格涅夫，我们仍然有太多的话题可以去谈论。那些被重复过无数遍的话题都具有被“再重复”一次的潜力。比如我们可以重复屠格涅夫的“年轻”和“无聊”。这两个词是他对自己私生女的“来历”做出的解释。他在用法语写给他“唯一爱过并且永远爱着的女人”的信中用这两个词来解释他与母亲请来的那个小裁缝之间的往事。他用收信人的名字称呼自己的私生女儿。他请求收信人为他收养这个孩子。

我们当然还可以重复收信人的丈夫。他的身份可以用他年轻妻子(她比他小 20 岁)的盛名来定义。屠格涅夫首先结识了他。不久后,他又在歌剧《塞维尔的理发师》里第一次见到了他名副其实的妻子。他在写给他的第一封信里这样写道:“关于您妻子的声音,‘华丽’还不足以为赞誉。在我看来,她是世界上唯一的女高音。”他从此爱上了这位并不漂亮但是气质非凡的女性。这种终生不渝的爱情竟没有妨碍他与她的丈夫之间极深的友情。这两位情“友”之间的友情持续了整整 40 年。他们在精神上的接近掩盖了他们在生理上整整一代的差异。他们一起翻译了许多的作品。他们一起打发了许多的悠闲。而死亡最后又进一步将他们拉近:屠格涅夫曾经在病床上哀叹,他应该随他的这位朋友一起离去,而不是继续深受等待的折磨。他用三个月的时间才等到了死亡的惠顾。

我们当然更可以重复他“永远爱着的女人”。这位 20 岁就已经享誉欧洲的超级明星不仅收养了屠格涅夫的私生女,而且“收养”了屠格涅夫本人。她的家庭将他当成家庭中的一员。他们经常一起出发,然后一起回家。她目睹了这个文学天才全部重要作品的诞生(或者说她助产了这些作品)。她又是屠格涅夫临终之时陪伴在他身边的女人。关于屠格涅夫(从他的青年时代一直到他临终之前)的不少出名的素描作品都出自她的画笔之下。她用这“沉默的声音”记录下了她眼睛里和心灵中的文学天才瞬间的神情,她令这“永远爱着”她的人在无限的未来栩栩如生。

我们当然还可以重复他与托尔斯泰之间的纠纷,重复他临终前对同时代的大师最后的倾诉。“我的朋友,回到文学中来吧。”他吁求他的朋友不要在哲学和思辨中耗费了罕见的天赋。死亡已经迫在眉睫的屠格涅夫显然是想用这最后的倾诉“尽弃前嫌”。而他还将在世界上继续生活27年的“朋友”没有写下他等待的回信。

我手上的这本传记重复了所有的这些内容。传记作者之前出版的《契诃夫》和《托尔斯泰》已经被称赞为是“经典的”作品。这本1988年翻译成英文出版的作品也很受欢迎。一个出名的书评称,合上这本传记,读者一定会想去“打开或者重新打开屠格涅夫”。

传记刚开始不久,屠格涅夫在福楼拜家里给朋友们讲起了他青年时代的一个恋人。那个磨坊工的迷人的妻子从来没有向屠格涅夫索要过任何东西。但是,有一天,她突然向他提出了要求。她说:“你应该给我一样东西。”她的要求让屠格涅夫不得其解。她要的不是“名分”,不是“卢布”,也不是“永远”。

她要的只是一块肥皂。

接过肥皂,这个迷人的女人匆匆地跑开了。过一阵,她又跑了回来。她羞涩地伸出自己刚刚洗干净的双手,羞涩地说:“像亲吻圣彼得堡客厅里的女士们的手一样亲吻我的双手吧。”

屠格涅夫说,这是他一生之中最珍贵的时刻。他跪到了地上,充满感激地亲吻了这个女人布满泥土的双脚。

声东击西的精灵

对语言有了一点浅薄的感觉之后，难免会有许多“非分的”想法，比如会去想，一个用法语写作的作家为什么会有一个德语味道的名字？你也许已经意识到了我想到的是 Stendhal（司汤达）。

茨威格的“大师”系列作品的副标题是“对精神分类的一种尝试”。其中出版于 1919 年的第一册题为《三个大师》，谈论巴尔扎克、狄更斯和陀思妥耶夫斯基。随后的两册也依先例分别收罗了三个大师。司汤达出现在 1928 年出版的题为《自画像的行家》的第三册之中。茨威格将这本还谈到了托尔斯泰的书

“献给高尔基”。

每个“自画像的行家”的画像都有若干篇独立的文章构成。“司汤达”中的第一篇文章使用了一个醒目的题目:《热爱谎言和迷恋真理》,靠谎言和真理的“对立”而醒目。文章一开始,茨威格就试图统一这种对立。他排比地写道,几乎没有人能够像司汤达一样肆无忌惮地欺骗世界或者兴致盎然地戏弄生活;也几乎没有人能够像司汤达一样将真理揭示得那样深刻和那样透彻。他试图将“谎言”和“真理”统一在“司汤达”的名下。

接下来,茨威格首先揭发司汤达不计其数的谎言。在翻开他的作品之前,读者就已经进到了他布下的迷魂阵。因为他的作品的“作者”五花八门,却没有一个是他“自己”。那些作者中,最让他的同胞迷惑不解的当然就是最著名的 Stendhal。这其实是一个普鲁士的偏远村庄的名字。这偏远的村庄因为这个精灵怪诞的恶作剧而获得了不朽的名声。同样,司汤达严肃地给出的日期和地址也总是与“事实”相去甚远,比如他号称“1830 年完成于离巴黎 1500 公里之外”的名著其实完成于 1839 年并且完成于巴黎市中心。他还谈起过自己与拿破仑的长时间的重要谈话,但是到了下一卷,他又写道:“拿破仑不大可能与我这样的傻瓜交谈。”他最后的谎言刻在他的墓碑上。他在那里留下了一个意大利的名字和死者的籍贯:“米兰人”。这不妨叫做“人之已死,其言也不善”。

不过,茨威格注意到,司汤达使用这种“万花筒似的变换”既是为了激起人们对他的兴趣,又是为了掩盖他真实的个性,为了让世俗的好奇心无法接近和危害他的“真身”。他没有被这种变换所迷惑,他也没有对谎言义愤填膺。相反,他发现了这精灵一般的大师对真理也充满了难以置信的热情:他像热爱谎言一样迷恋真理。一旦拿起了笔,这精灵一般的大师就获得了巨大的勇气。他会战胜羞涩的本性,突然撕去自己的面纱。他会自得其乐地去暴露常人“受尽折磨”也不敢显露的生命中的伤痕。他善于用谎言和真理这两种极端的武器去攻击世俗的道德规范。他用天赋的欺骗才能和坦诚气质打通了通往人类灵魂深处的那几条被封堵得最为严实的道路。

接下来,茨威格看到了谎言与真理的关系。小说是撒谎的艺术。只有成为这种艺术的大师,司汤达对真理迫切的需要才可能得到尽情的满足。茨威格写道,真理不会在每一个路口摆出姿势,炫耀自己的魅力,接受所有人的拥抱。正好相反,真理极为狡猾。它总是隐藏得非常巧妙:不容易发现,又很容易逃脱。司汤达一定知道,没有极度的警觉,极度的精细,极度的耐心和极度的敏捷，真理不会成为他的俘虏。他用谎言来与真理捉迷藏。他的天赋令世界捕获了关于灵魂的许多前所未闻的真理。

都德的“最后一课”

我正要谈论的是都德的“最后一课”，而不是他的《最后一课》。

这“最后一课”里的叙述者不再是一个不愿意上学的孩子，这“最后一课”里的入侵者不再是邻国的军队，这“最后一课”里的被占领土不再是实际的领土，这“最后一课”里坚定的信念不再是“法兰西万岁！”。

都德的“最后一课”从一对希腊单词开始，它重申“遭受是一种教育”。这条著名的希腊古训正好就是这“最后一课”所要传授的真理。都德的“最后一课”将通过“遭受”的最著名的对象来传授这一条真理。这“最著名的对象”接踵而至，出现在正文的第二段：

“你正在干什么？”

“我正在疼痛。”

正文的第二段就由这揪心的问答构成。它带来的“疼痛”是都德的“最后一课”的主题。剧烈的“疼痛”由当时的那种致命的病毒引起。作为“最后一课”里的入侵者，这致命的病毒所侵占的“领土”是授课人瘦小的身体。都德本人就是这“最后一课”的授课人。他在留下的“教案”里这样表达他对真理的渴求：“疼痛，你是我的一切。让我在你那里发现所有你不容许我涉足的陌生的疆域吧！你要成为我的哲学，你要成为我的科学。”

都德的《疼痛》是他一生之中最后的“作品”。这位著名的作家在被当时最著名的医生判处死刑之后开始有意识地探索疼痛“陌生的疆域”。他用只言片语记录下自己和别人遭受的剧烈疼痛以及自己对这种遭受的观察和思考。他“不择手段地”将自己的死刑推迟了 12 年。这 12 年与“疼痛”相处的零星记录最后变成了一本50页的小书，在都德去世33年之后（于1930年）出版。经过英国著名作家巴恩斯（Julian Barnes）精彩的编辑和精细的翻译，这本书的英译本出版于2002年。这时候，都德的“最后一课”开始有了历史的感觉，它被命名为《在疼痛的疆域里》。

这“最后一课”分两节上完。在第一节课里，都德主要谈论的是自己的疼痛。课程的进度就是“疼痛”的进度。一开始，45岁的都德意识到自己被病毒侵占的身体已经急进了20年，进到了“65岁”的腐朽状态。尽管他的大脑仍然清醒，他的感觉却“已经失去了锋芒”。更糟糕的是，这失去锋芒的感觉却仍然能够清晰地感觉到“疼痛”的分量。“疼痛”强有力地“渗透”进来了：“它进入我的视觉，它进入我的情感，它进入我的判断。”都德用颤抖的笔迹记下了“疼痛”的疯狂。

这疯狂的渗透使都德体会到了世态的炎凉。因为他发现，每一阵“疼痛”总是给它的遭受者带来“新奇的”感觉，而遭受者身边的人对他正在遭受的“疼痛”却很快就会习以为常。这种感觉上的差异带来了很深的孤独和很强的恐惧。遭受者只能在幻觉和阴影中寻找温情：“只有看到自己的影子，我才能够有信心地行走。”都德这样写道。

他还发现，“疼痛有它自己的生命”。这也许是对“疼痛”最人道的发现。“疼痛”这种与生命相冲突的生命贪婪地吸收着时间的营养，最后变成了蹂躏生命的“暴君”。都德模仿奥维德的诗句，用拉丁文控诉说，“疼痛对我的写作实行了专制”。这种“专制”大概是“疼痛”对一个作家最深的迫害。都德只能靠过量的吗啡注射来与“专制”抗争。这种激烈的抗争带给他转瞬即逝的宁静。

可是最后，他已经在身体上找不到注射的地方了。他的皮肤变成了“疼痛”广阔疆域的边界。他在这一节课的最后写道，他很想对他的孩子们大喊一声“生命万岁！”，可是，他的生命已经被“疼痛”撕裂，他已经没有力量喊出这摇摇欲坠的真理了。与《最后一课》中那位庄重的教师不同，在这“最后一课”的最后关头，都德没有与“信念”站在一起。

“最后一课”的第二节主要谈论的是别人的疼痛。都德来到了接待过许多文学名流的疗养胜地。在这更为广阔的“疼痛的疆域”里，他遇见了症状更为揪心的病人。他既是疼痛的遭受者，又是“看着别人遭受疼痛的人”。这种双重身份并没有分散都德对自己的注意。他像那个已经发展到双目失明的病人一样对光线失去了感觉。在他看来，所有的东西都是黑色的：

“疼痛遮住了地平线，渗透了所有的事物”。而自己一步一步走下浴池的时候，他感觉就像是在走进“宗教裁判所的水牢”。不过，尽管他的病情已经超过了能够“帮助他认识事物”的阶段，他还是准确地认识到了只有在“疼痛”之中，一个人才是完全彻底的“自己”。

巴恩斯用他对这“完全彻底的”都德的精细注释以及他精彩的导言和“后记”（一个关于梅毒的长注）扩充了“疼痛的疆域”。在这个意义上，《在疼痛的疆域里》可以说是一个 19 世纪的法语作家与一个 20 世纪的英语作家的合著。与感性的“疼痛”相比，《在疼痛的疆域里》具备了历史的眼光和理性的分量。而巴恩斯的英式幽默又成功地减轻了历史和理性带来的负担。

都德是 19 世纪法国最耀眼的文学圈子中的人物，这是他令人羡慕的身份。同时，他也归属于 19 世纪法国的另一个“不那么令人羡慕的”文学群体：感染了梅毒的文学家群体。他在这两个群体中的位置都不是最为靠前的。在后一个群体中，他的前面还有三个更响亮的名字：波德莱尔，福楼拜和莫泊桑。不过，都德在这个群体中有明显的“特色”：第一，他起步最早，17 岁就染上了这种当时的致命病毒；第二，这病毒来得“出奇不意”，它来自一个“有地位”的女人；第三，这病毒“大器晚成”，在他的身体里潜伏了几乎30年才“原形毕露”。这些特色令都德对病毒有不同的“反应”。

都德的“最后一课”只是在呈现“疼痛”的共同的疆域，却没有去追究导致“疼痛”的特定的原因。巴恩斯欣赏都德没有在这“最后一课”落入道德的窠臼。这“最后一课”是文学课，科学课或者哲学课，而不是道德课或者政治课。这大概就是为什么一百多年之后，当导致都德疼痛的这种疾病已经在现代医学的眼中“没有一点意思”(巴恩斯引用的一个医生与他的谈话)的时候，这本关于“疼痛”的书读起来还这样有意思的重要原因。

生活的元素周期表

这本《元素周期表》的作者不是俄国化学家门捷列夫，而是他去世 12 年之后才出生的意大利化学家列维（Primo Levi）。这本书的意大利文版出版于门捷列夫“元素周期表”的最后版本公布之后的第 104 年。9 年之后，这本书的英译本在美国出版并受到知识界的追捧。索尔·贝娄被这本书深深地打动，他宣称：“这是下一部必读的书。”这接下来“必读”的书使化学家列维在他的第一部作品《如果这也是人》（他关于奥斯威辛的伟大回忆）出版将近 40 年之后终于赢得了文学史上显赫的地位。

很难将这本书放进贴切的门类。卡尔维诺给化学加上引号，称它是"'化学'的自传"。从书的第一章看，他的意思可能是说它是经过"化学"处理的自传。因为这一章是从惰性气体的名称和性质出发来追寻作者祖先"高贵，呆滞和稀落"的生活痕迹。而至少从它的最后一章看，这本书更像是"传记性的化学"，因为这一章是用诗情画意的文字描述"碳"原子如何挣脱石灰岩几亿年的束缚，经过光合作用的"狭窄的门户"步入生命循环的过程。

而仅仅从书的目录看，这本书很像是一本残缺不全的化学教材里关于"物质"的那一章或者是一家管理混乱的化工厂芜杂的产品介绍。读者肯定很少看见除了页码之外只含名词的目录。读者肯定从没有看见过这所有的名词都出自那张让青春期提心吊胆的元素周期表的目录。这本书全部 21 章的题目依次是：氩，氢，锌，铁，钾，镍，铅，汞，磷，金，铈，铬，硫，钛，砷，氮，锡，铀，银，钒，碳。在我去的那家图书馆，它被安排在"传记类"的作品里。

这本书是一个在文学史上赢得了显赫地位的化学家通过元素的路标寻找到的往日的欢乐和忧伤。仅仅在"氩"这一章里，元素的性质是人物的性格的隐喻；仅仅在"碳"这一章里，元素变成了主要人物；仅仅在"铅"和"汞"这两章里，故事不是来源于"生活"，这两篇虚构的故事是作者在 1941 年与 1942 年之间写成，然后丢失，又在30年之后复得的作品。除了以上的四个例外，在其余的作品中，元素都是不可或缺的配角。对往日的记忆围绕这配角展开。同样，作者本人也不是主角。散布在作品中的主角是作者的同学或者同事，顾客或者顾主，亲人或者恋人，战友或者难友。通过他们的言语和行动，"我"一次一次窥探到历史的奥妙，人性的秘密以及生活的谜底。

有太多的惊奇珍藏在列维的文字里。比如两个昔日"无猜"的恋人在"磷"的最后一段相遇，他们都好奇为什么"一个托词，一种暗示，一次犹豫"会将他们送上不应该属于他们的"那两条分叉的小路"。又比如他的犹太"血统"使大学里没有教师敢聘请这"优等生"当助手。在无数的拒绝之后，列维决定走向他的最后一次失败。在"钾"的中部，他走向了那个人。他想那可能是另一个冷漠的人，另一个虚伪的人或者他的另一个敌人。他说他想要那份实验室的工作。那个人吃惊地看着他。接下来，应该是一段烦琐的询问和冗长的解释。令列维终生难忘的是，接下来的却只有三个"来自福音书"的字。那个人平静地说："跟我来。"

这层出不穷的惊奇令我相信，《元素周期表》是下一部必须被翻译出来的书。

幸免于仇恨的叙述(外一篇)

1943年12月,游击队员列维被法西斯武装抓获。3个月后,他被送往著名的奥斯威辛。同一批送抵奥斯威辛的650"件"人中的525"件"被直接送进了毒气室。列维的专长使他能够幸存下来。战争结束之后,他像奥德修斯一样经历了千辛万苦才回到故乡都灵,回到他出生的那幢楼房里。列维关于奥斯威辛的回忆《如果这也是人》初版于1947年。这本书是关于非人性的"大屠杀"最人性的回忆。而列维关于"回家"的回忆《停战》初版于1963年。这本书将读者带回了支离破碎的欧洲,让读者看到受伤的身体和灵魂怎样在康复的过程中继续受伤的过程。

在《元素周期表》里，“金”是关于被俘的故事，“铈”是集中营的经历，“铬”是回家之后的遭遇。但是，正如在《如果这也是人》和《停战》中一样，在这些篇章中，仇恨没有立足之地。像许多伟大的作家一样，列维疼爱语言。他不会容忍用肤浅的情绪来简化语言的细腻和折损语言的宽厚。他要用深邃的思想，沉静的观察以及充满希望的联想去滋养语言，给语言丰满的生命。同样像许多伟大的作家一样，列维并不溺爱语言。他不会纵容语言的狭隘，他不会纵容语言的残暴，他不会纵容语言的贪婪。他要求语言美观，节制，从容和健康。也就是说，他拒绝用仇恨来哺育语言又拒绝用语言来制造仇恨。

幸免于仇恨，才会出现这样的场面：“那个人第二天过来了。……当我告诉他化验的结果，他布满皱纹的脸上闪烁出了复杂的微笑。他说：‘我很高兴。我总是说事情很可能这样结束。’”

接下来，这个前一天来到实验室请求列维为他化验他带来的那包东西是不是糖或者里面有没有混杂什么“脏”东西（因为他的猫，他的女儿以及他自己试过一点之后都呕吐了）的人，给列维讲述了那包东西的来历。这个人是一个出色的鞋匠。他在这个行业中经营了30年。不久前，一个年轻人在他的附近开了同样的生意。年轻人把场面做得很大，可是生意并不理想。于是，年轻人开始编造和传播老鞋匠的“劣迹”。可是这反而更损害他自己的生意。终于有一天，年轻人悄悄把那包“糖”送到了老鞋匠的店铺里。

老鞋匠娓娓道来，他的语体与列维的文体非常接近，这大概就是列维直接将故事引用出来的原因。听完故事，列维询问老鞋匠会不会去起诉那个年轻人。老鞋匠说他不会。他说他不想毁坏那个年轻人的生活。“这个世界很大，每个人都会有他自己的位置。”老鞋匠解释说，“他不知道这一点，可是我知道呵。”

老鞋匠的话证实了列维前一天对他的印象。他觉得他像一个乡土哲学家。前一天在他走后，列维马上开始化验。他在这篇以化验结果为题的文章里极为详细地叙述了他的化验过程。关于化验结果，列维写道：“简单地说，它就是砷……”在我的这个省略号里，列维堆砌了两个典故。其中一个非常通俗：列维解释说，它就是“包法利夫人的那种砷”。还能有对“砷”更好的解释吗？

这种“那人却在灯火阑珊处”式的用典是《元素周期表》给

阅读带来惊奇的重要手段。而列维给世界带来的最大的惊奇却是他生命结束的方式。《元素周期表》在美国出版后的第3年，列维的生命在他出生的那幢楼房里结束。他坠落的身体与地板的撞击声竟没有惊醒他93岁的母亲和他32岁的儿子。

最“短”的城市

注意，标题中关于城市的形容词并没有用错。因为这座城市是伊希朵拉（Isidora），卡尔维诺小说《看不见的城市》中的第二座城市。标准的意大利文版本用来兴建这座城市的材料只有 119 个单词（连读词不单记），而权威的英译版本对这座城市的改建用料也很节省，只用了 131 个单词。伊希朵拉是坐落在小说中的 55 个城市里最“短”的城市。这 55 个全部拥有女性的名字的城市是卡尔维诺想象的作品，或者说是卡尔维诺想象的马可・波罗想象的作品。马可・波罗用波光粼粼的语言将他的想象奉献给忽必烈。这位壮心不已的君主在诚恳的倾听中经受着欲望与绝望的冲击。

这最“短”的城市一开始就展现了“时间”与“欲望”的较量。它的第一句话告诉我们，经过长时间的荒野之旅，一个男人感受到了自己“对一座城市的欲望”。欲望冲消了时间带来的疲劳。在欲望之中，这个男人首先想到了这座城市“标新立异”的“外观”：城市的建筑使用螺旋状的楼梯，而楼梯上又镶嵌着螺旋状的贝壳。他接着想到了这座城市“赏心悦目”的“产业”：城市出品完美无缺的小提琴和望远镜。他然后想到了这座城市“美不胜收”的“魅力”：当他在两个女人之间犹豫不决的时候，总会有第三个女人在他的眼前出现。他最后想到了这座城市“乐极生悲”的“生活方式”：每一场精彩的斗鸡总是转化成双方主人流血的斗殴，娱乐总是以极度的暴力来结束。

当这个疲惫不堪的旅行者渴望着这样一座城市的时候，他想到了这一切。而当他进入伊希朵拉的时候，他看到了这一切：旋转的楼梯和贝壳；精美的小提琴和望远镜；无穷的第三个女人以及血腥的斗殴者。伊希朵拉就是他欲望中的城市。

我们不妨假设这座城市就是这个旅行者珍藏在灵魂深处的恋人。他梦想她，他渴望她，他追寻她，最后，他抵达了她。他的生命之旅因此似乎可以被定性为是一部“喜剧”，因为它表面上终止于“得到”而不是终止于“失去”。

不幸的是，马可·波罗马上就发现了这“得到”之中的“失去”。这个男人所抵达的城市与他欲望中的城市有一个刻薄的差异：在欲望中的城市里，这个男人是一个年轻人，而当他抵达伊希朵拉的时候，他已经老了。这是由“时间”决定的差异。在时间与欲望的较量之中，时间最终还是占了上风。

这座城市被归纳在“记忆”的城市之中，所以马可·波罗最后必须让“欲望”与“记忆”接轨：在广场中央的矮墙边，一些老人坐在那里，打量着年轻人的匆匆来去。这个疲惫不堪的旅行者知道那里有他的位置。于是，他与那些老人们坐到了一起。这时候，“欲望已经只是记忆”。这是马可·波罗对“欲望”的发现和感叹。他用这发现和感叹作为他关于这座城市所说的最后一句话。就这样，忧伤的“记忆”绝望地关上了伊希朵拉的大门。

接下来，我们还是可以去想象这个旅行者会怎样度过他在这座城市（也就是他的“恋人”）怀抱中的第一个夜晚。这一定是他无数次想象过的夜晚。一种可能的方式是，他会恳求记忆将他带回到他出发的地方，他要在温情的黑暗中重新经历一次那无情的旅行。他会在这种“经历”中感受到他最后的欲望。

那是他对“记忆”的欲望。在这最后的欲望之中，这座城市珍藏着他的记忆，同时他的记忆又珍藏着这座城市。在这最后的欲望之中，他的记忆是整个的城市，而这座城市又是他全部的记忆。

昨日的岛屿

我在那篇题为《艾科与 6 月 12 日下午》的短文中谈到过 1994 年 6 月 12 日下午我在加州大学伯克利分校见到艾科的一些情形。那天下午，这位已经出版过两部风靡世界的小说的学者对参加第五届国际符号学大会的代表们说，他还有更多的小说将要问世。《昨日的岛屿》是他的第三部小说。也就是他那天下午所说的“更多的”小说中的第一部。

艾科的第一部小说《玫瑰之名》是一部发生在中世纪修道院里的侦探小说。艾科第二部小说《傅科摆》的背景跨度很大，渊源仍在历史之中，触角却伸到了信息时代。它围绕着一套密码的破译过程展开（那套密码控制着具有极大破坏力的能量）。它仍然是一部扑朔迷离的侦探小说。

艾科的这第三部小说仍扎根于历史。它的场景是1643年的一只遇难的空船。年轻的意大利贵族罗贝托是海难唯一的幸存者。遇难的空船被定位在赤道附近的对摭点。罗贝托从空船上可以看到不远处的岛屿，但是，他不会游泳，也找不到任何引渡的工具，那座孤岛成了他的欲望和想象的目标。因为空船的位置与岛屿的位置正好被东西时区的分界线隔开，罗贝托眼前的岛屿与他自己事实上却有一天之隔。这大概就是这部小说的题目所暗示的意思。艾科前两部小说的题目都可以准确（虽然有点生硬）地直译出来。这第三部小说题目的翻译则有点麻烦。它的意大利原文是 L'Isola del giorno prima，对译成英文是 The Island of the Day Before。但是，译成汉语的话，“前一天的岛屿”听起来会让人觉得有点不伦不类。我曾经建议将小说的名字译为《往昔的岛屿》，因为罗贝托在空船里消闲的活动是写小说和写情书：他完全沉浸在对往昔岁月的回忆之中。但是，这偷换了概念。特别是丢失了原题中用时间来标识空间的刻意。原题以直白之词含玄奥之意，这是艾科一贯的手段，不该忽视。因此我最后认为，将小说题目译为《昨日的岛屿》比较合适。汉语的“昨日”不仅包含了“前一天”，而且也可上溯至“往昔”。

符号学家艾科是现代欧美最负盛名的学者之一。他任教于意大利波隆那大学，在哲学、历史学、文学批评及美学等领域有着广泛的影响。他出版的学术专著在数量上要超过他出版的小说。他的《符号学原理》、《读者的作用》以及《开放的作品》等著作都被视为是学术的经典。

另外，艾科还是一个文化随笔大家。他的《误读》、《对虚假的信任》等随笔集是后现代思潮的代表作。在这些随笔中，艾科用他的博学和机智为大众文化正名、呐喊。他的文风幽默顽皮。对这博学的大师来说，知识已经不再是力量，而是游戏和杂耍，是变相的娱乐。

这位可以戴上各种学术头衔的学者总是将小说写成百科全书。他用小说建造了各种跨学科的知识迷宫。而他的过人之处是他对情节的设计。他的每一部小说都有引人入胜的情节。他用情节引诱读者，将他们骗进迷宫，接受知识的熏陶，享受思想的快乐。

一些评论家（包括意大利本国的评论家）不承认艾科是一个合格的小说家。他们认为他写的小说不是小说，而是历史。

艾科是不大可能在意这种见解的。他已经满腹经纶，他已经积重难返。他将来“更多的”小说仍然会一如既往：不管小说的场景多么生僻，不管小说的年代多么久远，也不管小说的情节多么离奇，它读起来总是知识的狂欢。

艾科曾经说过一切时代都有它自己的后现代。也许我们还可以说每个人都有他自己所理解的后现代。艾科自信自己的作品是后现代的典范。那“后现代”也许只是他自己所理解的后现代，但是，那“典范”却无疑是一个时代公认的典范。

“我自己”的神话

如果以书籍来替换女人，一个供过于求的图书馆就很像是“最‘短’的城市”伊希多拉：当你在两本书之间犹豫的时候，总会有第三本书来引诱你的视线。那一天，《我自己和其他人》(*Myself with Others*)就是这样的“第三本书”。我在犹豫不决的时候瞥见了它。我将手伸向它。

这本随笔集是墨西哥作家富恩提斯(Carlos Fuentes)用极为优雅的英文写成的。我将作家的名字翻译成富恩“提斯”是想提示他与西班牙文学的伟大祖先的联系。这本随笔集分为三个部分。第一部分的题目是“我自己”。收在其中的两篇文章的题目都以“我怎样”(How I)开始。“我怎样写我的一本书”一文用深奥而又生动的结构解构“我自己”1962 年的小说《光晕》(*Aura*)复杂的创作过程。文章从一个光环一样的少女下笔:她在 1961 年的夏天跨过“我自己”巴黎寓所客厅的门槛,进入了寓所的卧室。文章又以同一个“光环”结束:原来她是“我自己”许多年以前在家乡遇见的一个孩子。她后来在“我自己”巴黎寓所中的出现不过是一种错觉或者一种“蜃景”。而在《光晕》出版 20 年之后,这“光环”在她形成的地方用自己的力量将自己变成了永恒的黑暗。

玛丽亚·卡拉丝(Maria Callas)出现在这篇文章的后半部,出现在一位朋友在家中安排的晚餐的餐桌旁。“我自己”惊喜自己能够坐在 20 世纪“最漂亮的女人”和“最华丽的高音”的身边。他告诉他的邻座说她是他多年以来的神话。“你现在坐在这神话的身边,”卡拉丝调侃地问道,“你又怎样看待她呢?”“我自己”的回答很现实。“我发现她的体重已经下降了。”他这样说。卡拉丝用最华丽的笑声回应这轻易的发现。她知道她的疾病已经不可逆转了。可是,她并不知道这是她在被她征服的世界上的倒数第五个夜晚。她更不知道 30 年前当她在墨西哥城的舞台上再现“茶花女”的时候,《光晕》已经悄悄地诞生在观众席中的一个不显眼的角落。

《我自己和其他人》第二部分的题目是“其他人”。六篇文章分别谈论塞万提斯，狄德罗，果戈理，布努艾尔，博尔赫斯，昆德拉和马尔克斯。一眼望去，这“其他人”其实都是“自己人”。细读起来，所有的“自己人”又进一步整合，与“我自己”融为一体。这六篇文章是“我自己”的狂欢节，是智慧的狂欢节，是语言的狂欢节。“我自己”这样炫耀“智慧”和“语言”：“堂吉柯德两次失去理智，一次在他阅读的时候，一次在他被阅读的时候”；“他（狄德罗）为欲望发明了时间”；“镜头可能是永远无法医治的伤口”；“1605：两个年迈的傻瓜（堂吉诃德与李尔王）和一个年轻的刺客（马克白斯）同时出现在世界舞台上，令两个时代之间的过渡充满了戏剧色彩。”

如果前两个部分的题目互为“正题”和“反题”，第三部分的题目就是明显的“合题”。被称为“我们”的第三部分里仅收入一篇文章，是作者在哈佛大学的政治讲演。经过“我自己”的经历以及“其他人”的经典，这枚拉美文学爆炸中的重磅炸弹突然将目标锁定在美国的中美洲霸权。

这跑题的“合题”并没有妨碍这“第三本书”变成我自己的神话。这神话不断用望而生畏的句子发掘我阅读的欲望，又不断用望而生畏的句子填满我欲望的沟壑。这渴望和满足的交欢令我的心智蒙受阅读的恩泽。

谁读过卡夫卡?

第一次遇见昆德拉的时候,富恩提斯被他提问了一个几乎是不需要回答的问题:“你读过卡夫卡吗?”富恩提斯自信地回答了这个问题,不仅因为他的确读过,还因为他必须读过。

但是,富恩提斯的自信并没有截断昆德拉的挑衅。友军的火力更加猛烈:“你是用什么语言读的?”昆德拉明知故问。

这是一个几乎回答不了的问题。或者说,这几乎不是“问题”。这是“挟持”。因为除了唯一的“标准答案”之外,其他所有的回答都不可避免地将“你”胁迫到无地自容的“结论”。这“结论”炫耀了文学的高贵:那种只有一种方式可以接近的高贵，或者说不可接近的高贵。昆德拉最后果然用这“结论”将诚实地回答了这个问题的富恩提斯就地正法：“这么说，你没有读过卡夫卡。”他肯定地说。这“结论”中的第二人称可以理解为是“复数”。它将不懂德语的阅读者一网打尽。它几乎网罗了全部的中国作家和读者。

《这我相信》(*This I Believe*)是富恩提斯最新的随笔集。富恩提斯将它献给他六年前已经走完了生命历程的“亲爱的儿子”。护封勒口上的信息说，这本书的篇目依照标题首字母从“A”到“Z”的次序安排。这种安排既意味着自始至终，也意味着包罗万象。我相信我能够猜出许多篇目的标题。为了证实这个猜想，我首先翻到了第 K 章。不出所料，这一章的标题就是“卡夫卡”。但是，它首先提到的却是布拉格的“另一个 K”。标题中的 K 首先就是通过这“另一个 K”的提问出场的：“你读过卡夫卡吗？”

《另一个 K》是这本随笔集中最令我兴奋的题目。这个题目的优点是它几乎什么都没有说，而这个题目的缺点是它几乎什么都说了。如此分明的优缺点必然触动我的好奇心。这篇在目录中排行第九的作品成为我进入这本随笔集的入口。入口处的第一个场景是：“1968 年 12 月，三个颤抖的拉美人在布拉格车站走下火车。”

这场景中的“亮点”当然就是“颤抖”。从地理上说，“12 月的布拉格”就已经足以使拉美人“颤抖”。而“1968 年 12 月的布拉格”才是这“颤抖”真正的原因。当富恩提斯、马尔克斯和哥塔萨尔接近布拉格的时候，他们感觉似乎是接受了“死寂”的“邀请”。

富恩提斯称“难以重返又无法忘怀”的布拉格是欧洲最美的城市。这种独领风骚的美根源于“有太多的幽灵居住在那里”，又得意于 1968 年的春天。历史以这座城市来命名那个春天。“布拉格之春”成为那个春天“唯一的名字”。更重要的，这座城市在半个世纪里为文学史贡献了两个 K。一个城市还有什么更值得向世界炫耀的业绩呢？

比较这两个 K 的文学，富恩提斯发现，米兰 K 的人物已经不需要像弗朗兹 K 的人物那样变形成一只甲壳虫以便去遭遇生命的荒诞。文学已经不再需要寓言的遮掩了。在我们的时代，文学角色可以直截了当地用人的形态去经受非人的待遇。这标志着文学的成熟还是时代的衰败？

“另一个 K”将他与“颤抖”的拉美人的见面安排在桑拿浴室里，因为那是 1968 年 12 月的布拉格最安全的地方。这过于生动的“笔会”一定会令三个想象力无孔不入的拉美人叹为观止。

现实就是魔幻。这魔幻使弗朗兹 K 的甲壳虫继续在米兰 K 的现实中挪动。这魔幻使卡夫卡神奇地超越了语言的天然屏障。这魔幻使所有人都读过卡夫卡，而且都正在读着卡夫卡。

一个生命的结束

八年以后，我才读到布罗茨基《论忧伤和理智》中的最后这篇随笔。阅读令我再次获得被“拔苗”的快感。这一次，“高光”直接打在文章的入口：

23年以后，与希思罗机场移民官的对白很冷漠。“公干还是私访？”

“你把‘葬礼’归在哪一类？”

他示意将我放行。

我的翻译至少丢掉了原文一半的风韵。原文的风韵来自移民官平庸至极的询问与被问人聪明绝顶的反问之间的暧昧关系。而我只能用“意译”勉强将这种关系“汉化”。

死者是斯蒂芬·斯彭德(Stephen Spender),30 年代因左倾的“新写作”而名声大振的英国诗人和评论家。布罗茨基随笔的第二节从“23 年以前”开始。当时,布罗茨基刚被一个超级大国(他血统上的祖国)驱逐,正在前往另一个超级大国(他精神上的故乡)的途中。慕名已久的诗人将他接到伦敦的家里小住。

这不是我第一次遇见斯彭德的名字,却是我第一次知道这名字的“重量”。两天以后,这名字继续加重。它出现在我无意中翻到的一本 1965 年出版的关于“阿多斯·赫胥黎”的纪念文集的显要位置。

我决定去了解一下图书馆里还有多少他的书或者关于他的书。查找结果令我有点不知所措。我马上确定了一个“算法”,首先将书分成不同的类别,然后从每一类中仅择“至善”而从。

在“别人写他的书”里,我挑选了 2004 年 Viking 版的“权威传记”。这本书的第一部分谈论斯彭德与他“失败的”父亲的关系。这种关系是诗人生活的起点。而传记最后一部分的题目是“九十年代：‘他不应该有的五年’”。题目中的引语是他的医生安慰他的遗孀时说的话。我好奇诗人画蛇添足的存在方式。

在“他写别人的书”里，我挑选了1975年出版的斯彭德为艾略特写的传记。斯彭德在这本“诗传”里加入了老朋友的一些“趣事”。比如罗素干预诗人不愉快的婚姻未遂是因为艾略特夫妇“喜欢不愉快”。

在“他写自己的书”里，我挑选了他出版于1951年的自传。这本书的书名是《世界里面的世界》，与我小说集第一卷的题目惊人地相似。这相似又一次演示了我经常称道的“过去抄袭未来”的魔术。

最令我亢奋的发现是斯彭德还写过一本关于“我们”的书。这本题为《中国日记》的书极为详细地记录了他与一位画家1981年5月19日到6月11日在中国访问的经历。这本200页的书最有意思的是它的12页“后记”。它来自访问结束七个月后的一次谈话。这时候，诗人和画家终于“原形毕露”，他们一边回忆访问的细节，一边畅谈真实的感受，一边发表“奇谈怪论”。比如西安的导游在去景点的路上只顾与相爱的司机调情，忘记了为他们解说。他们不仅没有抱怨，反而称赞这是中国罕见的生机。

我终于读到了八年前购于牛津大学的《论忧伤和理智》的最后一页。在这一页，布罗茨基注意到许多人感叹斯彭德的死是“一个时代的结束”。如果布罗茨基有同感，他就没有必要在机场反问移民官了。来向“一个时代”告别显然是一种“商务”。但是，布罗茨基对这种说法只有反感。他将出席葬礼当成是对朋友的最后一次探访。他更珍惜死亡的“个性”：死亡是一个生命的结束。

这“个性”是死亡的神秘之处和神圣之处。

“不”虔诚的拒绝

在1931年12月初的那封信的最后一段，赫尔曼·黑塞这样写道：“亲爱的托马斯·曼，我不指望你与我的态度和观点一致，但我希望你出于对我的同情，尊重我的态度和观点。”

他在信的一开始就亮出了他的态度。他的态度是“不”：他拒绝了挚友托马斯·曼的邀请，他不愿意重返他一年前退出的普鲁士艺术家协会。他在信的第二段敞开了他的观点：他之所以有这样的态度，是因为他对自己的“祖国”已经极不信任。

这是黑塞第一次暴露他在这件事情上的观点。一年前，当写信给协会的领导申请退出这个官方组织的时候，他还左顾右盼，闪烁其词。他使用的还是冠冕堂皇的理由：他说他长期住在瑞士，是瑞士公民，不应该是这个组织中的一员；他又说他身体不好，头痛眼花，不可能为这个组织效力和增辉。他还客气地祝愿这个几乎网罗了所有德国优秀作家的组织兴旺发达。

但是，一年之后，他终于向他的挚友“交心”。他在信中明确表达了他对“百分之九十九的人民”都支持政府的屠杀行为的“祖国”的反感。他指责当时被称为“德意志共和国”的“祖国”“法律不公，官员冷漠，人民极为幼稚”。他厌恶几乎所有的同胞对反省“祖国”犯下的战争罪行的抗拒。在他看来，这是一种很危险的团结和坚决。他毫不掩饰自己在心理上与这不可爱的“祖国”的疏远和离异。

这时候距离纳粹的铁蹄踏进波兰的领土还有 7 年零 10 个月。当托马斯·曼也终于逃离自己的祖国来到黑塞在瑞士的家中避难的时候，他们也许会谈起这一封“露骨”的信。他们共同的祖国不仅仅是“不可爱”了：它已经变成了对世界的威胁，它已经相当“可恨”了。这时候，他们也许会有很深的感叹，感叹个人的独立判断居然能够如此清晰地昭示历史的走向。

这封向挚友“交心”的信只是黑塞一生写下的三万多封信件中的一封。名为《一个时代的灵魂》的黑塞书信选集收集了黑塞的近三百封信件，是黑塞书信的最好的选本。入选的书信按照写作的先后次序呈现，其中的第一封是黑塞 14 岁时（1891 年）从寄宿学校写给父母的家信，最后一封是黑塞去世之前（1962 年）写给一位朋友的回信。在第一封信里，黑塞很详细地向父母汇报了他的生活和学习的情况。他看上去情绪稳定，与他后来根据那一段经历写出的小说《在轮下》中的主人公的状况相去甚远。选集中的最后一封信也许就是黑塞一生中的最后一封信。他告诉收信人，自己已经没有人们所祝愿的“健康”了。他还提到在他收到的许多信件中有两封来自从前的女仆。她们在 60 年之后又寄来了美好的祝愿。这显然让行将就木的黑塞感觉到了特殊的温暖。

这位在自己的“祖国”被盟军和红军“瓜分”后的第二年获得诺贝尔奖的极不“爱国”的作家没有写过自传。这部按时间顺序编排的书信集也许就可以当成“自传”来阅读。黑塞一贯反对将生活和创作区别开来。他声称文学本质上就是“忏悔”。在这个意义上，他的全部作品就构成了他的自传。他在 1926 年 10 月 13 日写给他的传记作者的信中写道：“如果”写他的传记有什么意义的话，那“也许”是因为一个知识分子“个人无法治愈却必须控制的神经官能症”也同样是“一个时代的灵魂”的症状。

一个时代的灵魂通过创造性的“忏悔”获得了彻底的拯救。

再一次通灵(外一篇)

故事还没有讲完,还有必要再一次与《一个时代的灵魂》沟通。

这一次,我将注意力放在编者为这部书信集写下的前言上。这篇极为清晰又非常高雅的前言以生活为体,同时展开了黑塞自认为密不可分的创作和经历。

黑塞来自一个宗教气息浓厚的家庭。他的外公曾经在印度传教24年。他母亲早逝的前夫和他自己的父亲也都曾经在印度传教。他的外公和父母都酷爱写作。除了大量的日记和书信之外,他的母亲还是4本畅销书的作者,而他的父亲也出版过15本书。这个家庭的一个癖好是从不扔掉任何一块携带着文字的纸片。正是这种癖好使黑塞早年生活的痕迹能够以难以置信的详细程度保存下来。

他很早就给他的家庭带来了压力。4岁的时候,他"暴烈的脾气"已经在母亲的日记里留下了痕迹。他的父母对他忧心忡忡。他的外公需要写信提醒他们,对这个孩子应该要有"极大的耐心"。7岁的时候,他的父亲已经在考虑将他送往严厉的教会学校去接受管制。12岁的时候,他在这种管制中开始了他的独立生活。他用不长的时间通过了很少孩子能够通过的拉丁文考试。这意味着他能够进入下一阶段面向远大前程的教学体制中去学习。那个体制造就过诗人荷尔德林和哲学家黑格尔这样一些响亮的人物。

但是,他新的学习以"逃跑"结束。这是他一生中不断的逃跑的开始。绝望的父母将他从一个学校转到另一个学校,却不见任何转机。他的精神状况越来越糟。他开始有了自杀的想法和尝试。也许是这最彻底的"逃跑"使他身心疲惫的父母最后"接受"了他的另一次逃跑:他在16岁的时候结束了自己的正规教育,也就是结束了他的家庭"高学历"的血脉,结束了他的父母对他继承神圣的家业的指望。"成为作家"是黑塞对生活唯一的指望。

他开始打工并且写作和发表作品。10年之后，他开始获得文学上的成功。在最初的成功到来之际，他遇见了自己的第一任妻子。这位职业的摄影家是人才辈出又病人成堆的数学世家伯努利家族中的一员。他又一次逃跑：他逃离了弱肉强食的文明世界，与比他大9岁的妻子在一座与世隔绝的荒村里生活了8年。他在那里扩充自己的家室同时建造自己文学的摩天大楼。

然而，对“祖国”的绝望又使他想逃离欧洲。他在斯里兰卡和新加坡一带徘徊了一段时间，却并没有看到新的希望。他在1911年底写给朋友的信中证实，只有当地的中国人给他留下了美好的印象。

回到欧洲之后，他又一次逃跑。他逃离了他的“祖国”，在瑞士定居下来。用这种方式，他也逃离了他终生厌恶的“爱国主义”以及被这种极端情绪打扮得理直气壮的世界大战。

他还有许多的逃跑。比如他逃过了第一任妻子失控的心理。他又逃过了开始得很勉强又维持得很吃力的第二次婚姻。也许是《荒原狼》协助他走出了这次婚姻的“荒原”？那部完成于这次婚姻结束前一年的重要作品出版于这次婚姻结束的同一年。就在这一年，他遇见了那个从她的少年时代起就一直与他通信的“聪明的女人”。他逃进了她精致的“花园”。他在那里很快收获了他一生之中最重要的成果。生来就极为不安的灵魂在它所代表的极为不安的时代的一个角落里渐渐安静下来。与这位比他小 18 岁的艺术史学家的婚姻陪伴着黑塞度过了他生命之中最后的 31 年。

用记忆画下的黑玫瑰

帕慕克的“初恋”是这样结束的:“我给她写了 9 封长信。我将其中的 7 封装进了信封,将其中的 5 封塞进了邮筒。我从来没有收到过一封回信。”

这是收集在帕慕克的随笔集《伊斯坦布尔》中的《初恋》中的最后一段。它用一个递减的数列(9,7,5,1)将作者生命中最早一段同时满足过精神和肉体的激情冷却成了僵硬的记忆。这不仅是与现实相距很远的记忆,也是与过去相距很远的记忆。

帕慕克这样开始触动他的记忆:“因为这是一篇回忆录,我必须隐瞒她的名字……”“隐瞒”是为了诚实而善意地将过去打开。这种打开是对生活的感激。尽管她最后拒绝了他，尽管她终于离开了他，他对她带给他的短暂的生活却充满了感激。这"短暂"是生活的开始，这"感激"是生活的继续。

"她的名字在波斯语里的意思是黑玫瑰。"帕慕克继续写道。他需要一点关于她被隐瞒了的名字的暗示。30 年前不辞而别的少女将要由这暗示带回到 3 年后将获得诺贝尔奖的文学家的笔下。他将他独立的发现"聪明地"告诉了她。她的表情出现了一些细微的变化。她说她当然知道自己的名字的古老的意义。她还告诉他这名字是从她阿尔巴尼亚裔的外婆那里传承下来的。她的回答也许让他知道了她的生命来自并且属于万水千山之外的地方。

他通过他自己的父母了解到了她的家庭。他注意到他的母亲背地里称她的母亲为"那个女人"。接下来的故事的格调因此可想而知；而他的父亲讲述的则是她的父亲如何利用在政府中的关系为外国公司做代理，一夜之间发家致富的经历。在他看来，他的父亲对这种成功并没有非议。

没有花费太多的笔墨，她与朋友们就一起来到了这个大学建筑系学生的画室。他悄悄地品味着她面部漂亮的线条。然后，她单独走进来。一开始，他们谈论一些无聊的话题，比如家长们的绯闻和劣迹。后来，很长的沉默出现了。她斜躺在长沙发上，机械地翻动着书页。他在画布上留下了她模糊的身影。后来，他们有了一次“不成功”的散步。然后，他开始战战兢兢地往她家里打电话。他邀请她再来画室，他说他想完成上次未完成的作品。她问他是不是还可以穿上次同样的衣服。这是一个意想不到的问题。她没有看透他的心思吗？或者是她已经在开始与他对局。

“黑玫瑰”在画布上渐渐呈现出来的时候，他注意到她的嘴角透出了一种罕见的微笑。他问她为什么微笑。她回答说：“我喜欢看你那样看着我的时候。”

他离开画架坐到了她的身旁。一场风暴即将来临了。天色突然阴暗下来。从画室的窗口可以看到分隔亚洲和欧洲的博斯普鲁斯海峡。正在那里航行的船只上探照灯的灯光射到了画室的墙上。一场风暴真的来临了。

直到有一天，他的母亲无意中来到画室。她看到了在画布上绽放的“黑玫瑰”。她马上就知道了在自己的儿子与那个法语学校的高中生之间发生了什么。她将她的发现告诉了“那个女人”。

任何时代的任何人都知道，“黑玫瑰”应该属于一个现在或者未来(甚至曾经)的工厂主,而不是属于一个永恒的艺术家。因此,她的父亲决定将她送往瑞士去继续学业,她的母亲则为她预定了未来的婚事。而她自己在迷茫与困惑的同时也开始拒绝进入他的画室。面对这样的厄运,他产生了激进的想法:“我需要拐骗你吗?”他沮丧地问。在后来的那一次见面时,她温情地给出了她的授权,她说:“你可以拐骗我。”他激动地策划起了他们艰苦而共同的未来。

新学期开始的时候,他仍然去她的学校门口等她。她没有在人群中出现。他理智上已经放弃,但又总是被自己的痴情带到了那里。直到有一天,她的哥哥走过来,递给他她从瑞士寄来的问候。她在信中说,她非常喜欢新的环境,同时也极为想念他和伊斯坦布尔。

他给她寄去了5封长信,但是从来没有收到过一封回信。

化“腐朽”为“神奇”

那时候还没有人将《遗弃》中的片段与《狂人日记》做比较，但是却已经有人将《遗弃》的主人公与“赫索格”相对照。24岁的《遗弃》作者受这诱人的“误读”煽动，给74岁的《赫索格》的作者写了一封信。他在信中引用了经常被人引用的《遗弃》第7.21节中的第一句话，似乎是想借此说明《遗弃》的主人公与举世闻名的赫索格“同是天涯沦落人”。

五个星期之后，《遗弃》的作者兴奋地拆开那封来自芝加哥大学“社会思潮中心”索尔·贝娄办公室的信。信是用蹩脚的中文写成的，这正好是对他那封用不得体的英文写成的信件的回报。写信的人是贝娄办公室的工作人员。她转达了贝娄对年轻的《遗弃》作者的谢意。她说她夏天将要到中国来访问，希望能够与他见上一面。她还说她会给他带来一本贝娄先生签名的《赫索格》。

他们都没有想到夏天会以经典的方式变成历史。六月底来自美国的信件是用流畅的英文写成的。写信的人称她预定在中国一个月的行程刚开始就结束了。她谈到了她在中国三天“旅行”的感受，字里行间充满了人道的思绪和关怀。

蓝登书屋2000年出版了第一部贝娄的传记。我在翻读这本书的时候首先好奇的是贝娄在我给他写信的那个春天里正忙于什么。传记第548页上的信息告诉我，他正在忙于准备他的第五次婚姻。经过了四次消耗惨重的“战争”，74岁的贝娄仍然信奉上帝恩准的“结合”方式。婚礼在那一年的八月份举行。新郎和新娘的生理年龄相差44岁。

我其次好奇的是《赫索格》。这本以一个不断给死人写信的性情孤僻的学者为主人公的小说出版于我出生的那一年。它的销售结果与作者本人的最初估计(8000册)大相径庭。它在畅销书排行榜上滞留了42个星期。仅仅它的精装本就卖出去了142000册。49岁的索尔·贝娄因此获得了通往“理想王国”的签证。他也因此而成为了诺贝尔文学奖(1976年)的得主。他在领奖时的发言中宣称:“我们的恶习和缺陷显示了我们在思想和文化上的丰富以及我们的理智和感觉的分量”。

一个性情古怪的学者的生活遭遇竟会激起广大读者的兴趣,这令贝娄本人也觉得费解。而批评家和市场分析家们也更是费解,为什么一本如此个人化的作品居然能够打破一个帝国的畅销书纪录。

大量的读者来信也许提供了部分的答案。几乎所有的男人在来信中都叫苦不迭,声称自己是婚姻的受害者,与赫索格同病相怜。而几乎所有的女人面对“深受其害”的男人都不知所措,她们在来信中向作者讨要与“高层次”的男性“和平共处”的秘方。而贝娄本人并不知道怎样去安慰这些哀男怨女。他对记者实话实说:“我的生活一团糟,就像所有人的生活一样。”

然而,他将“一团糟”的生活变成了如日中天的作品。这可以说是“化腐朽为神奇”。这当然不是“所有人”能够做得到的。而几乎没有任何人能够做得到的是,贝娄将报纸称赞他为“自托尔斯泰以来最伟大的作家”看成是一种“冒犯”。一个评论家揭秘说,贝娄不满意将他称赞为仅仅是“自托尔斯泰以来”的。他认为他的“最伟大”应该涵盖更久远的时代。

贝娄出生蒙特利尔的西南角，离我现在的住处不远。九岁那一年，他与其他三个孩子一起在母亲的带领下非法越过了美加边境。他们最后在芝加哥安顿下来。这一次冒险的非法越境决定了20世纪下半叶美国文学史的面貌。

“战争”与“和平”(外一篇)

在美国出版的《今天》杂志 2001 年冬季号的小说部分是“薛忆沩小说专辑”。这“专辑”中有一篇题为《相距十年的噩梦》的评论文章,讨论我的两篇“十二月三十一日”小说。第二个“噩梦”的主人公又让文章的作者想起了贝娄创作的著名人物:

这样的知识分子形象在中国的文学中非常罕见,他有点像赫索格。事实上,X 也像赫索格一样写那些无法投寄的信:“亲爱的马丁内,大概有十年了吧,我一直在考虑给你写这封信……”他惨淡地写道,“现在我想告诉你的是,我倒霉透顶了。”

1966年，当贝娄的第三任（当时的现任）妻子怀疑他另有所好，与他计较“品德”问题的时候，他的第二任妻子再出江湖，重新与他纠缠经济问题。她要求他增加给他们儿子的抚养费。这个视“婚姻”为一种“战争状态”的人进入了战争最艰苦的阶段。

正在这个阶段，他接受《生活》杂志的邀请，准备写作关于罗伯特·肯尼迪的专题。在去采访罗伯特年轻守寡的嫂子时，贝娄进一步尝到了祸不单行的滋味。那个不寻常的女人对正因为《赫索格》而不可一世的大师也不以为然。她用“出生论”质疑贝娄接受这个项目的“合法性”：“一个芝加哥的犹太孩子（指贝娄）怎么能够理解一个想为儿子买下总统宝座的爱尔兰天主教徒（指老肯尼迪）呢？”这粗暴的当面质问令贝娄只好谢绝了那个可以让他再一次名利双收的邀请。

然而，战争带来的不完全是破坏。贝娄善于用“大乱”来成就“大治”。他将前两次婚姻的痛苦转嫁给虚构的赫索格，成功地在第三任妻子的任期内确立了他自己在文学史上的显赫地位。接下来，他又继续扩大战果，在第四任妻子的任期内赢得了众目睽睽的诺贝尔文学奖。他总是在前一次战争之中发动下一次战争。他总是用新的战争去结束旧的战争。他好像不相信和平,他好像也不需要和平。

但是,和平还是渐渐地接近了他。因为他的第四任妻子相信“得到爱然后失去比从没有得到要好”,他终于不需要为最后的“失去”而大动干戈:他一生中的最后一次战争用和谈的方式来结束。

而他的第五次婚姻已经只是他“一个人的战争”。他已经74岁了,他要为“生命”而战。他几次将自己从死神那里抢夺回来。他在这从“白头”开始的婚姻中生活了15年。这是他生命之中最后的15年。他在第11年出版了他的最后一部小说。小说将他的名字再一次送进了美国各大报纸的畅销书排行榜。更为壮观的是,就在这小说出版的前一年,他竟创造出了一部更不可思议的作品:他的最后一个孩子。

贝娄怎么能够在84岁的高龄有如此的壮举,与已处于“生育高龄”的40岁的妻子成就如此的奇迹?当一个年迈的读者向他打探这种创作的秘诀时,贝娄教授不假思索的回答带着明显的职业特征。他的回答是:“练习,练习,再练习。”

那个可爱的小女孩很快将会知道在自己5岁那年就去世了的父亲活到了将近90岁。她肯定不会有多少关于父爱的记忆。但是,她很容易在图书馆里邂逅她父亲的阴影或者从教科书里领略她父亲的伟大。

贝娄童年时代的生活非常艰苦。但是,艰苦的生活却给他留下了田园般的记忆。甚至8岁那一年几乎将他置于死地的手术感染都成了他的精神财富。6个月的住院经验成为了他创作的“原始积累”。他的许多小说人物因此都有了童年住院的经历。那些天真的孩了们在恐怖的疾病中眺望着生命的欢乐,在阴暗的病房里期盼着希望的光明。与硝烟滚滚的成年时期相比,贝娄小说中的童年时代总是充满了和平的气息。

暴跌的“略萨”

四年前(2006年)的一天下午，我在这座城市最大英文书店的降价书台上看到了这本出版不久的新书。它的作者是我的“老熟人”(我知道他大概有将近三十年了吧)。但让我有点动心的是“实”而不是“名”，或者说是“实不副名”。这本精装书原来的定价是39.99加元(加购买税后约合人民币320元)，而它此时的售价是5.99元(加购买税后约合人民币48元)，稍贵于本地麦当劳里的一个“巨无霸”。我有点动心了。我拿起书，随机选读了几段。非常不巧的是，我没有读到让自己特别激动的内容。我犹豫了一下，最后还是将书放回了原处。亲爱的大师，请原谅我的“不”势利！

一个星期之后，我又从那家书店门口经过。我发现自己还是惦记着那本书。我走进书店，走近降价书台。我的脑海里波动着一个自虐性的念头：我希望那本书已经不在那里了。这对我会是一个很好的教训。我会后悔自己一星期前的苛求，我会遗憾自己一星期前的吝啬。

但是，事与愿违：这本书仍摞在降价书台的那个角落里，而且一本也没有少。这时候，我突然躁动起来。我为大师受到的冷遇而愤懑，也为自己的苛求和吝啬而羞愧。我决定痛改前非，用实际行动痛改前非。

在回家的公共汽车上，我的实际行动就得到了超值的回报。我越读越“饿”！这与“巨无霸”带来的“边际效益递减”的满足正好相反。只有精神食粮能够引起这种反常的生理反应。

这本名为《激情的语言》(*The Language of Passion*)的英语书是从西班牙语翻译过来的。它由大师在西班牙报纸上发表的46篇专栏文章结集而成。文章的内容以文学为主，兼及哲学和政治等其他方面。大师自由主义的政治立场和现代主义的文学取向从字里行间可以一目了然。而我喜欢的一个细节是，每篇文章的后面都标明了写作的城市。大师的生活空间以伦敦为中心，伸向其他的大陆，甚至一些大陆的尽头。这种地理的宽度是大师思想的宽度的前提和隐喻。

最能引起我共鸣的文章是“一个图书馆的墓志铭”。大师于 1997 年 6 月的一天走进设在大英博物馆内的大英图书馆的“阅览室”(那其实是一个开放式的大厅)。他发现环绕着大厅的古雅庄重的书架已经空出了一大半。他一直在强烈反对的搬迁正式开始了！那闻名于世的阅览室已经全无昔日温暖和典雅的景象。大师出入过世界上许多著名的图书馆，而他对设在大英博物馆内的这间阅览室情有独钟。于是，他感慨万千，写下了这篇墓志铭。

他首先回忆起自己对阅览室的一见钟情。那已经是 32 年前的事，他去那里寻找威尔逊（Edmund Wilson，我的另一位“老熟人”，称雄西方文学批评界半个世纪的超级大师，我会有专文谈论他)的著作。他立刻被那里丰富的收藏和舒适的环境迷住了。在随后的三十年里，他几乎每星期都有四五个下午在那里度过。一见钟情“量变”成了日积月累的厮守。他在那里备课和写作。他有几部小说在那里完成。

大师当然还提到了大英图书馆的历史，提到那位全中国人民的“老熟人”（马克思）在阅览室进门右手边的固定座位(那传奇的座位后来被更传奇的计算机侵占）。接着，大师开始回忆自己在其他图书馆的有趣经历。比如在环境很差的法国国立图书馆里，有一天，他的目光从手里那本“关于疯狂人物的疯狂的书”上移开，落到了坐在自己正对面的那位“第二性”的身上。她正在“疯狂地”写作，她是《第二性》的作者波伏娃；又比如他有一次与美国国会图书馆拉美部负责采购图书的人交谈，问起他们选购图书的标准是什么。对方的回答令大师感叹至今：“很简单，我们买所有出版的书。”还有在拥挤不堪的普林斯顿大学图书馆里，大师趁邻座不注意，瞟了一眼他正在读的书。书上一句关于希腊酒神崇拜的引文让大师顿开茅塞。根据那句引文，他彻底改写了自己正在写作的那部小说。

这些有趣的经历无法夺走大师的至爱。他肯定地写道，所有这些图书馆“加起来”对他事业的帮助都不如大英图书馆的那间阅览室。

在大师看来，阅览室的搬迁无异于它的死亡。他发誓永远也不会去涉足大英图书馆被现代化后的新阅览室。我理解大师的激烈反应。我自己在这篇墓志铭写作的前后也曾多次出入过位于大英博物馆中心的那间阅览室，“今非昔比”的感觉的确触目惊心。

我的这篇短文从大师新书价格的暴跌写到大师钟爱的图书馆的“死亡”，它的结尾本来极为阴暗。但是，在初稿完成之后的第三天(10月8日)，我从一位邻居扔在我门口的法文报纸 *La Presse* 的文艺版面上读到了这位“老熟人”最新的消息。我像一位经验丰富的船长那样“见风使舵”，立即删除了短文悲观的结尾。

暴跌的“略萨”只是市场短暂的商机。有了“诺贝尔文学奖”这种重大利好消息，我相信大师的作品很难再回到降价书台的价位上来了。此时此刻，我忍不住为自己至今为止唯一的一次成功抄底而洋洋得意。

亲爱的大师，请原谅我的势利！

想长大成“书”的孩子

这个孩子梦想的不是长大之后成为一个作家，一个写书的“人”，而是成为一本“书”。

关于孩子们的想法，我们这些缺乏想象力的成年人最好不要去寻根究底。但是，一个正常的孩子应该梦想将来成为艺术家、科学家、银行家……或者更“正常”一点，像我小时候一样，梦想将来成为“解放军叔叔”。所以我忍不住要问，为什么这个孩子不想长大成“人”，而想长大成“书”？

答案接踵而至。这个孩子在63岁那年用希伯来文(他的母语)出版了他的自传。自传的英译本《关于爱和黑暗的故事》(*A*

Tale of Love and Darkness)一年之后问世。在自传第37节的最后,他提到了自己孩提时代的那种奇特的梦想,他紧接着告诉读者,那梦想的根源是"恐惧":对战火的恐惧,对毁灭的恐惧。

这个孩子在耶路撒冷长大,那是人类历史上最古老的是非之地,也可能是人类历史上永恒的是非之地。在耶路撒冷长大就意味着在战火中长大,意味着在毁灭的边缘长大。这座被群山环绕的城市就像是一艘浸没在恐惧中的"潜水艇"。刚刚被纳粹残暴地排挤出"生存空间"的犹太民族又要在这块弹丸之地用暴力与自己的宿敌争夺"生存空间"。"占领者、抵抗战士、彻夜的枪声、没完没了的伏击、逮捕和搜查"……这个孩子每天面对的就是这样一个世界。他知道坏人随时都可能冲进家门或者幼儿园,将他置于死地。他也知道大人们出门之后,很可能就不会再回到他的身边。他知道在他生活的世界里,任何"人"都危在旦夕。他对长大成"人"充满了恐惧。

这个孩子注意到了周围的人都热爱阅读和写作。"书"与耶路撒冷的生活浑然一体。对书的依赖成为这个"潜水艇"一般的世界与外界联系的"脆弱的生命线",成为对恐惧的躲避。

书当然也很容易毁于战火,这有史为证,有"书"为证。但是,这个孩子想到了这样一种"很大的可能性":"如果我长大成

'书',至少有一本很可能会幸存下来。"他还想到了那本书"也许不会幸存在这里,而是在其他的国家,其他的城市,在一座遥远的图书馆里,在一个被上帝抛弃的书架的角落里。"他在这梦想中目睹着那幸免于仇恨的孤本疲于奔命,终于在遥远的黑暗里,在布满灰尘的角落,找到了自己的藏身之所。

这个孩子最后当然没有长大成为"书"。他成为了写书的"人"。他的成长与"爱"和"黑暗"相伴:那样深的爱,那样深的黑暗。为了长大成人,他必须用最激烈的反叛来逃离这窒息他的"爱"和"黑暗"。他的反叛出现在自传第 54 节和第 55 节的交界处。"14 岁半,也就是我母亲去世两年之后,我杀掉了我的父亲和整个耶路撒冷……"他在第 54 节的最后这样写道。母亲的自杀和父亲的"被杀"使这个孩子变成了孤儿。他将像梦想中的"孤本"一样去别处的"爱"和"黑暗"中寻找藏身之所。

他与父亲的决斗其实只是文斗,而不是武斗。"我主要是通过改换姓氏杀掉了他。"他用第 55 节的这第一句话如实交代了自己"杀"父的具体情节。然而,用自编的姓取代继承来的父姓,这还只是形式上的反叛。在"换姓"的同时,这个梦想长大成"书"的孩子不顾父亲的劝阻和反对,毅然"上山下乡"。他去了一座远离耶路撒冷的集体农庄,开始了自食其力的生活,从实际上冲破了家庭的罗网。这种选择意味着这个未成年孩子又一次“杀掉”了父亲。

他天生就不是一个合格的体力劳动者。在集体农庄的劳动过程中，他一直是同事们的笑料。但是，他坚持下来，在那里生活了整整三十年。他以带有青春期躁动痕迹的姓氏（在希伯来语里，那姓氏的词义是“力量”）进入集体农庄，而到他离开的时候，那虚构的姓氏已经升格成了希伯来语文学的象征。这是“青”大胜于“蓝”的奇迹。这奇迹也许可以视为他第三次“杀掉”父亲。（他父亲是研究希伯来语文学的学者。在儿子“上山下乡”之后，他出国深造，在伦敦取得文学博士学位。可是回到以色列之后，他却连一个普通的教职都不能求到，事业未竟。幸亏他碰巧成为了自己研究领域里头号人物的父亲，一生的虚荣得以善终于“以子为荣”。）

阿摩斯·沃兹（Amos Oz）出生于 1939 年，到目前为止，已经出版了 20 本书（包括 18 本小说和 6 本随笔）。他是当代最富国际影响的希伯来语作家，以色列和犹太文化的代表人物。他的文学作品和政治立场在西方世界都备受关注。在文学上，他师承美国作家安得生·舍伍德，不妨称为“现代派中的传统派”；而在政治上，他属于右派（犹太复国主义）中的左派，以支持以色列和巴勒斯坦“两国并存”而著称。

在大是大非问题上，沃兹的立场经常令右派痛心，不时也令左派失望：当以色列出兵黎巴嫩（2006 年）的时候，他在《洛杉矶时报》上发表文章，支持政府的“正义行动”；而今年 6 月 1 日以色列海军拦截土耳其船只事发后的第二天，《纽约时报》发表了由他撰写的社论，谴责政府的失道之举。这也许就是知识分子“独立人格”的表现吧。

出自小语种的大作家(外一篇)

写作与语言密切相关。但是,作品质量的高低与作家语种的大小却并不成正比。在文学史上,大语种出大作家当然不足为奇,而大语种出不了大作家也见怪不怪。有点“奇怪”的史实似乎是:有那么多的“大作家”出自“小语种”。这方面的例子可以信手拈来:近一点的有出自捷克语的米兰·昆德拉,远一点的有用意第绪语写作的艾萨克·辛格。还有,波兰语也是“大家”辈出的小语种;还有,如果最近十五年中某一年的诺贝尔文学奖授予了一位(应该说“那位”)用阿尔巴尼亚语写作的作家,那当然就是最没有悬念的诺贝尔奖之一。

沃兹也是“出自小语种的大作家”。让我们跟随他重返《关于爱和黑暗的故事》。

这是一部关于成长的自传，聚焦于童年、少年和青春期的早期。但它不是一本少儿读物，它甚至可以说是一本“少儿不宜”的读物。这部自传揭秘成长的外部压力（来自家庭和社会的合力）与成长的内部矛盾（个人生理与心理的躁动），它让读者看到“爱”和“黑暗”如何在成长过程中兴风作浪。

因为篇幅的关系，我只能锁定其中最有特征的“风浪”：那最早的爱和那最深的黑暗。

大多数人都有过幼稚而尴尬的初恋。而沃兹的初恋比一般人的还要幼稚：他堕入情网时正在上小学二年级，实足年龄还不到 8 岁；沃兹的初恋也比一般人的还要尴尬：他爱上的是他新来的语文老师，他们的年龄相差 25 岁。

这初恋的故事出现在自传的第 37 节。新来的语文老师用几乎听不见的声音说话，她说的每一个名词都被形容词限定（比如她不说“河流”，而说“湍急的河流”；不说“沙漠”，而说“夜色中的沙漠”），她的眼睛有淡淡的异族（鞑靼）风情，眼神“警觉”而“不快乐”。这个想长大成“书”的孩子被这新来的一切迷住了。“她是我的初恋情人。”他这样写道，“我爱她嗓音的色彩，她微笑的气味以及她衣服发出的窸窣声……”

他想尽一切办法引起她的注意。他朝思暮想着他们的“天伦之乐”。暑假终于到了，每天早上，这个孩子都用冷水将头发仔细地定好型，将衬衣整齐地扎进短裤口，准时在八点之前出现在单身老师的窗户下。他为她做购买，做卫生，给她的天竺葵浇水，从她的信箱里取信，将她的湿衣服晾出去，干衣服收进来……忙完家务后，他们会在后院里坐下来。她会给他准备一杯水，用她的话说，那不仅仅是“水”，而是“透明的水”。她会将她自己那天早上计划读的作品读给他听，她还会听他滔滔不绝地讲话，讲那些没有任何人愿意听和听得懂的话。

这个孩子从恋人的课堂上和后院里学到了许多的东西，比如某些词需要足够的空间，只能由“沉默”来包围，“就像一些画的旁边不能挂其他的画一样”。这种诱导对想长大成“书”的孩子会有什么影响？

这孩子专一的暑期生活引起了邻居和父母的非议。新学期开始，他被转到了一所新的学校。为期一年的初恋被新生活中的新奇取代。

沃兹承认自己在热恋的时候对恋人的过去和现在没有任何了解。他后来才知道她出自名门，当时已经是成熟的诗人。

在他的第三本小说问世的时候，她的第一本诗集也出版了。这已经是他的初恋过去将近三十年后的事情。而她接着出版的两部诗集获得了巨大的成功，赢得了显赫的文学奖。沃兹在结束初恋的回忆时写道，他的小学老师是“一个孤独的女人”，那些荣誉是她“一直在躲避的东西”，而它们出现之后，她也的确只有“冷漠”的反应。

这个8岁的孩子用如此狂热的初恋显示了他的审美趣味和审美能力，他日后成为大作家的几率“自然”不会太小。但是，这位大作家出自小语种却多少还是有点“人工”的痕迹。在自传的一开始，读者首先被带进了他出生的房间。那间地下室的房间既是他父母的卧室，又是他们的书房、图书室、餐厅和客厅。但是马上，读者就看到了这个家庭“奢侈”的一面：“我父亲能读十六七种语言，能讲十一种（都带有他的俄语口音）。我母亲能讲四五种语言，能读七八种。不想让我听懂的时候，他们用俄语或者波兰语交谈……而出于文化上的考虑，他们主要读用德语或者英语写的书。他们做梦的语言应该是意第绪语。”

如此的“奢侈”足可以与那位成为了英语大作家的俄国贵族（纳博科夫）成长的语言环境相媲美。不同的是，纳博科夫的父母与他共享语言资源。而紧接着上面的引文，沃兹却这样告诉读者:"但是,他们教我的唯一语言是希伯来语。"

沃兹猜想他父母这样做是害怕语言的知识会让孩子过多地受到奉承欧洲("那个精彩又残忍的大陆")的文化态度的影响。而对欧洲文化的奉承其实正好是他父母自己的态度。许多的父母在教育问题上都有类似的矛盾。

只用祖传的母语教育孩子,这也许是那位将以"自杀"了结的母亲和那位将以"失败"告终的父亲除了计划生育之外对希伯来文化做的另一项贡献?从小"不"学外语,这也许就是一个在耶路撒冷长大的少年日后具备国际视野并活跃于国际舞台上的契机?完全被禁锢在"小语种"里,这也许是那个想长大成"书"的孩子最后成为了"大作家"的关键?

世界上有许多的道理,秀才对自己也说不清。

故事这样结束(外二篇)

《故事这样开始》(*The Story Begins*)是我自己仅有的一本沃兹的书。它也是我不久前在麦吉尔的二手书市上的“意外收获”。这本随笔集由十篇形式类似的随笔构成,每篇随笔谈论一位作家的一部作品的“开始”。我自己长期是“开始”的发烧友,也曾经发表过这方面的“专论”(如关于《百年孤独》的“开始”的“‘圣经’的第一自然段”和“惊心动魄的入口”)。我惊喜与我语言不通的大师与我有相同的怪癖。

但是,《关于爱和黑暗的故事》令我叫绝的不是它的“开始”,而是它的“结束”。近年来的阅读经验使我对“结束”不太尊重，因为通常早在故事结束之前（有时候甚至早在故事开始不久）我就能预知它将如何结束。这一次是一个例外。我一直到了自传的最后一节，到了它结束的地方，才清楚地知道它要如何结束。

这部自传的结束从聚焦于家庭生活的第53节开始。“黑暗”是这一节的关键字。尽管自传从一开始就无意隐瞒母亲的结局，但是直到这一节，它才有意将读者引向黑暗的深处。“在1951年快结束的时候，母亲的状况继续恶化。”第53节的开始就这样奠定了全书结束的基调。

这个想长大成“书”的孩子此时已经12岁了。他的身心正经受着不可理喻的躁动。夜晚的“龌龊”和身体的“肮脏”令他羞愧难当。他急需父母的关注。但是，他们的注意力却停留在其他的地方：他的母亲不分昼夜地注视着窗外，她走进了生命最后的隧道；而他的父亲除了要照顾已经失去生活情趣和能力的妻子，还要“兼”善其身，以免自己也丧失了生活的情趣和能力。这个家庭的成员“被一千光年分隔开了”，沃兹冲动地写道。不！他马上又修正说：“不是‘光’年：是黑暗之年。”

“黑暗”在他的笔下越来越黑，越来越暗。那最深的黑暗眼看就要“曝光”：关于母亲自杀的细节理应出现在这一节结束的地方。可是……在最揪心的一刹那，沃兹却没有按下快门。这是无意的错过还是有意的回避？

接下来的第54节完全另起炉灶，谈论的是自己的阅读经验。而在这一节的最后，沃兹来到了“母亲死去两年之后”，引出了新的线索（包括他“杀掉”父亲等等）。读到这里，我凭着丰富的阅历（阅读的经历）确信他是有意要跳过了母亲“将死”和“已死”之间的黑暗。

顺着新引出的线索，第55节和第56节转向父亲和父子关系：从后者正常的破裂到正常的修复，从前者不正常的失败到正常的死亡，手法是平铺直叙。而第57节又回到了自己：自己在集体农庄的日常生活和自己从安得生·舍伍德那里获得的顿悟。

日常生活中“少儿不宜”的插曲是整个第58节的内容。沃兹用极为细腻的笔触重温自己的成人式：自己的第一次性经验。他那年正好18岁，而帮助他完成仪式的女人比他年长18岁。凌晨三点钟，未来的大师走出那间充满文学、艺术和激情的小房间。他没有长大成“书”，却终于长大成人。那“半个”夜晚，那“一个”女人，教给了他一条颠扑不破的真理：“女人掌管着快乐的钥匙。”这真理将成为他的文学的一块基石。

四十多年之后，与真理相通的女人居然再现于他在美国的一次演讲会上。演讲结束之后，他追过去：呼唤她，拥抱她，亲吻她。而那个女人礼貌地挣脱开他。她指着她推的轮椅上的老人说："我只是她的女儿。"那个掌管着钥匙的女人正痴呆地坐在轮椅上，她对快乐已经失去了记忆。

第54节到第58节这长达45页的"空白"让我习惯了母亲的离去。因此她的起死回生令我大吃一惊。第59节意外地从母亲"死前的一个星期"开始。她突然"好多了"。被黑暗笼罩着的家庭突然出现了祥和的气氛。自传中唯一的照片就安排在这一节里。它是一张"全家福"：母亲紧贴在儿子和丈夫的身后，她的头轻轻地贴着丈夫的头。"被一千光年隔开"的生灵在这个凝固的瞬间看上去亲密无间。

尽管紧接的一节又回到了集体农庄，我对故事的结束已经开始刮目相看。

果然，第61节一开始就惊心动魄："我母亲死的时候38岁。以我现在的年纪，我可以做她的父亲。"儿子失去母亲的痛苦被大师精确地折换成了父亲失去女儿的痛苦，好像只有用这双重的痛苦他才能够承受生命中"最深的黑暗"。

但是，时空继续错位，这一节谈论的只是母亲葬礼前后的情况。记忆再一次绕过了“黑暗的中心”。

这是揪心的拖延。这个想长大成“书”的孩子不愿意让母亲过早地离开他,他倔强地与“最深的黑暗”厮守到了最后的一刻。

第62节是自传的最后一节。它一开始就用最传统的方式交代了构成那最深的黑暗(也是自传中的核心事件)的“三要素”:“我母亲于1952年1月6日晚上在特拉维夫市本·耶胡达街她姐姐的公寓里结束了自己的生命。”

接着,大师按时间顺序叙述最后那两天发生的事情,叙述得极为耐心,极为详尽。他一直将读者带进了母亲在医院抢救无效的时刻。整部自传在童话般的气氛中结束:“……她到清晨也没有醒过来,到天更亮的时候也没有醒过来,在医院花园的无花果树枝上,那只鸟惊恐地呼唤着她,然后又一遍一遍徒劳地呼唤着她,它不断这样做,它现在还会继续这样做。”

这个关于爱和黑暗的故事就这样结束于最深的黑暗和这黑暗背后最深的爱。

给自己出的难题

有一天，我问自己，中国当代小说中最好的开头是什么？

我立即想到了一个来自“第三世界”的样本：“许多年以后，当面对着行刑队的时候，奥若利阿诺·布恩迪亚上校想起了他父亲带他去看冰的那个遥远的下午。”这个被公认为现代文学“最好的”开头一口气将“时间”（“许多年”），“死亡”（“行刑队”）和“爱情”（那神秘莫测的“冰”）推到了阅读的面前。它用极小的空间囊括了文学中最基本的要素。

在我看来，中国当代小说中那个“最好的开头”也应该有类似的效率：它应该用最快的速度触及到时间，死亡和爱情。我沿着这个正确的思路走下去。我认为，这里的“时间”不宜太短：“一瞬间”，“一小时”，“一天”都嫌“太短”。太短的时间很容易让作品背上“现代派”的黑锅。但是，这里的“时间”又显然不宜太长。太长的时间会冲淡死亡的阴影又削弱爱情的力量，很容易将文学歪曲成历史。最好就以“年”来做计量单位吧，比如“三年”就比较适度。

“死亡”也是一个棘手的要素。这里出现了两个“子”问题：一是谁应该死，二是他或者她应该怎样死。在第一句话里到底“谁应该死”这显然是一个需要具体情况具体分析的问题，但是，“主人公不应该死在那里”却可以视为一个通例。另外，这开门见山似的死亡显然不应该带上太多的戏剧性。“行刑队”自然不利于安定团结，突如其来的疾病和灾难也很容易分散叙述的精力，有可能将叙述歪曲成为诊断和透视。最好还是不要出现“非正常的”死亡吧，或者死了就死了，不要急于纠缠死亡的原因。

重要的是，这死亡必须是面向未来的。它应该是叙述为即将到来的“爱情”奉献出来的祭品。“爱情”当然是一个更棘手的要素。它不应该也不可能在第一句话里面就迅速达到高潮。它最初的姿态必须非常隐蔽，非常克制。在第一句话里面，爱情唯一的作为就是与时间结合起来，就像“冰”凝固在《百年孤独》中的那个“遥远的下午”一样。而一旦与时间相结合，爱情就要准备忍受时间的折磨以及这种折磨所带来的迷惘和孤独。动人心弦的故事就通常从这里开始。

经过以上的推理，我已经依稀摸到了自己的目标。我看见一个男主人公的“媳妇”在叙述的入口处已经死去“三年”了。他一定很想找到一个新的伴侣，因此他的还“没有”找到才引起了叙述者的焦虑，才值得引起读者的重视。这个男主人公不仅身强力壮，而且行为端正。他应该是生产队长还兼任民兵连长。以如此的体质，人品和事业，他应该很容易找到新的伴侣。他之所以还“没有”找到，不是因为复杂的“阶级斗争”占去了他太多的精力和时间，而是因为对“爱情”的渴望占据着他的心灵。也就是说，他的心中已经有了一个人。他正等待着那个人在“暴风骤雨”过去之后成为他的伴侣。

如果给这个男主人公一个与死亡相对抗又与爱情相依偎的名字，我就能够成功地解答给自己出的这一道难题了。我演算的结果是：“萧长春死了媳妇，三年没有娶上。”这是飘荡在“艳阳天”上空的悬念。这悬念借死亡的机遇将爱情捆绑到了时间之箭的箭头之上。

颤动在这“最好的开头”中的凄凉和向往给我的少年时代带来了无限的遐想。它引导我从一条杂草丛生的小路上走近了文学无奇不有的宝库。

鲁迅与诺贝尔文学奖

1927年春，瑞典学者赫定（Hedin）率领他的远征队再次来到北京，准备到蒙古、新疆一带进行考察。北京学术界对北洋政府无条件地应允这次考察表示强烈不满，组成中国学术团体协会，进行交涉，最后达成共同组建"西北科学考察团"的协议。据黄烈先生在《黄文弼蒙新考察日记（1927—1930）》一书的前言中介绍，这项协议的内容包括中外团长共同负责考察团的工作；中国团员负有维护中国主权利益不受损害的责任；中外团员的采集品均归中国所有；全部经费由赫定负责筹集等。负责此次交涉的刘半农戏称这是"翻过来的不平等条约"。

西北科学考察团于5月8日中午离开了北京。几个月后，刘半农托台静农给鲁迅写信，说赫定曾与他商议，拟提名鲁迅为诺贝尔奖候选人。他们希望了解鲁迅本人的意向。台静农的信是9月17日写的。这时候，西北科学考察团正行进在北纬40至42度与东经100至104度范围内的巴丹扎兰格沙漠里。而已经认为“南方没有希望”的鲁迅则正在广州西堤的寓所里焦急地等待着去上海的船票。他在9月25日致李霁野的信中，只是淡淡地提到“关于诺贝尔的事，详致静农函中，兹不赘”。

给台静农的回信是同一天写下的。鲁迅首先请台静农转告刘半农，说“我感谢他的好意，为我，为中国”。这里因为有“为中国”之意，“他”似乎应该是指赫定。接着，鲁迅很肯定地表达了自己对别人想提名他为诺贝尔奖候选人一事的态度，他说：“我不愿意如此。”

然后，鲁迅很自信地说：“诺贝尔赏金，梁启超自然不配，我也不配，要拿这钱，还欠努力。世界上比我好的作家何限，他们得不到。你看我译的那本《小约翰》，我哪里做得出来，然而这作者就没有得到。”鲁迅清楚，别人之所以想提他的名，不过就因为他是中国人，他是占了“中国”这两个字的“便宜”。他接下来很严肃地说：

我觉得中国实在还没有可得诺贝尔赏金的人。瑞典最好是不要理我们，谁也不给。倘因为黄色脸皮人，格外优待从宽，反足以长中国人的虚荣心，以为真可与别国大作家比肩了，结果将很坏。

诺贝尔文学奖至今仍然是困扰中国文坛的一种“情结”。当局者通常一边暗地里祈求自己的中奖（其用心当然可能不仅仅“为我”，也恐怕还“为中国”），一边公开地质疑此奖的代表性和公正性（因为至今居然还没有一个中国人中过），或者明确地指出此奖不是什么东西（当然，它不过是一笔上百万的美金）。而局外人通常觉得，与诺贝尔奖无缘如果不是中国文学的不幸，也至少是中国文学的遗憾。

事实上，我们不妨设想一下，哪一年果然有哪一位中国人中了此奖，那又会怎么样呢？会举国上下一片欢腾吗？会引发民族自豪感的上升吗？会激起爱国主义的高潮吗？我看不会。我看结果倒很可能是官方的抗议、文坛的内哄、学者的攻讦、舆论的饶舌、读者的费解以及应运而生的花边新闻以及急不可耐地起诉和面不改色地“奉陪”。一笔冷漠的奖金很可能将中国文坛已所存不多的“说法”和“公道”一把卷走，无数激情的作家怎能不群起而追之讨之?!

因此,还是鲁迅七十年前的态度比较好,“瑞典最好是不要理我们,谁也不给”。否则,真的“结果很坏”。

被低估的贡献

这本书的书名吸引了我。我将它从书架上取下来，推荐给身边的少年。他马上也被这本书的书名征服了。他说出了那个极不文雅的词。我知道那是他对这高雅的书名的赞叹。我建议他在我翻找其他书的时候读一下这本书。他坐下来，翻开了陈旧的封面。这应该是他接触过的最“古老”的书。它出版于 1940 年。贴在它最后一页上的“归还日期”登记条中的第一个记录是“1944 年 1 月 27 日”。

从图书馆回家的路上，我们翻山穿过这座城市里最安静也是最昂贵的住宅区。身边的少年困惑不解地问我：“为什么一个中国人可以写出这样精彩的英文?”

With Love and Irony 是林语堂自他最出名的随笔《生活的艺术》(1937 年)和他最出名的小说《京华烟云》(1939 年)之后在美国出版的另一本随笔集。我想将它洒脱的书名翻译为《带着热爱与嘲讽》。作为 1938 年美国非小说类头号畅销书(《生活的艺术》)的作者,林语堂想通过这本书再一次向美国的读者显示他对生活的热爱与嘲讽。

这是我第一次用英文读林语堂。还没有读完第二页,我就开始意识到,林语堂如果不是“必须”用英文读的话,至少是“应该”用英文读。只有通过他如此精湛地掌握的这另一种语言,我们才可能准确地接近他,精确地理解他,正确地评价他。而通过他如此精湛地掌握的这另一种语言,我们也很容易知道人们是怎样地低估了他。人们低估了他对中国、对文化以及对英文的贡献。

《带着热爱与嘲讽》共收入林语堂的 49 篇随笔。话题从孔子到乞丐,从裸体到自由,从旧官僚到米老鼠,从家中的男仆到中国的“未来”,可以说是四通八达,铺天盖地。

在“我怎样搬进了一个套间”的第一段,林语堂写道,美国人对生活质量下挫的反应是对“事实”(fact)的无奈,英国人的反应则是对“跌落”(fall)的感叹，而作为中国人，他自己的反应是对“命运”(fate)的接受。在这里，林语堂用了三个以“fa”开头的同由四个字母构成的词。这不是修辞上的小聪明，而是文学上的大手笔。

而“与萧伯纳的交谈”一篇的第一句话是“萧伯纳有一次(once)在上海访问(looked in)，同时却要再一次(again)小心留神(looked out)”。这里面两个动词词组和两组副词之间的呼应简直是神来之笔。

类似的对语言的玩弄在林语堂的这本随笔中随处可见，又总是给人以恰到好处的满足。

语言的魔术与思想的敏锐以及表达的幽默在绝大多数篇章中都结合得十分贴切。在“言论自由”一篇里，谈到语言是人的特权，林语堂举例说，老虎吃人时只会用咆哮来表达自己的满足，而不会模仿杀害记者的军阀说道：“我的道德命令我吃掉你，因为你危及了中华民国的安全。”也就是说，只有人才会说鬼话。在“我喜欢与女人交谈”一篇里，林语堂写道，从女人那里可以听到绘声绘色和纠缠不休的传言。一个女人不会介绍一个人是“鱼类学家”，而只会将他介绍为是某上校的“妹夫”。接下来的故事可能是，那位上校死于印度的时候，她正在纽约的医院里接受阑尾切除手术。再下来的故事可能是,那位上校曾经带她到某花园散步或者切除阑尾的医生有很漂亮的胡子等等。林语堂写道:“生活是由出生、死亡、阑尾炎、麻疹、香水、生日晚会,而不是由鱼类学或者本体论构成的。”

年轻人,暂时放下你手里的六级模拟题,去欣赏一下这个中国人用英文对中国,对文化以及对英文本身做出的贡献吧。

大师眼前的大师(外一篇)

紧接着那一句极为精彩的开头,林语堂对萧伯纳到访的那一天清晨上海报纸的报道做出了反应。萧伯纳之所以要"留神"是因为有人在报纸上扬言要借此机会冷落一下这位讲话从不留神的大师。他们的做法是要让萧伯纳在上海的停留一点也不"引人注目"。这是一个不可能完成的任务,因为那些人处在一个刻薄的悖论之中:如果他们什么也不做,萧伯纳的到访一定"引人注目";而如果他们真的做了什么,萧伯纳的到访一定更"引人注目"。

上海不相信伤害。在《与萧伯纳的交谈》的第二段,萧伯纳已经在上海最引人注目的客厅里坐下来了。他坐在靠近壁炉的沙发上，“完全放松”并且“极为健康”。在座的还有“蔡博士”以及客厅的女主人。谈话开始的时候，“其他的客人”还没有到。这个很小的细节肯定对这篇文章的写作有很大的帮助。它使林语堂可以马上将注意力集中在这位西方大师的身上。从那次午餐后留下的那张非常著名的照片里，我们可以目测出“其他的客人”这个很平常的名词短语在这个特殊的情境下很不平常的含量。出现在那张照片里的有四个中国人，除了文章中提到的宋庆龄女士和蔡元培先生以及林语堂本人，还有就是在文章中一直没有出现的鲁迅先生。

谈话很快转到了萧伯纳的几位传记作者的身上。对林语堂提到的那部“好读得多”的传记，萧伯纳这样解释它的“缘起”：那部传记的作者很穷，他想写一部关于“耶稣”的传记来解决自己的生计。可是，他的出版商对这个选题不感兴趣，他建议他去写一个叫“萧伯纳”的人的传记。但是，萧伯纳说，那位传记作者根本就不知道“萧伯纳”的任何事情。他在初稿中将所有的“事实”都搞错了。

有意思的是，传记的初稿接近完成的时候，传记作者突然去世了。接近完成的初稿转到了萧伯纳本人的手里。他花了三个月的时间来编辑它。萧伯纳声称，他修改和增补了不少的“事实”，却着意保留了传记作者的基本观点。

接着，萧伯纳提到这位贫穷的传记作者去世的时候没有给妻子留下一分钱。而林语堂意识到，尽管是萧伯纳本人完成了这部传记的修改增补等工作，传记作者的妻子却得到了全部的版税。萧伯纳的回答证实了林语堂的想法。

关于传记的交谈继续下去。萧伯纳提到了读者的反应。他说他的一些朋友给他写信，抱怨传记作者不应该在传记里提及那些“冒犯”大师的细节，更抱怨萧伯纳本人不应该对那些文字手下留情，让它们存留在传记之中。林语堂没有忘记在文章中记下萧伯纳本人对这些抱怨的回应。萧伯纳回应说：“事实上，那些段落是我自己加进去的。”

林语堂没有用这种英式的回应联系中国的“实际”，也没有对这种回应做任何多余的评说。他转而细致地描写起了大师说话时的表情。大师总是紧锁的眉头让林语堂想起中国戏曲中魔鬼的脸谱。而在这威严的外表之下，林语堂却捕捉到了一个“敏感而仁慈”的心灵。

在萧伯纳抵达上海的那一天，上海长达几个星期的雨停了。接下来的轶事曾经广为流传：有人恭维萧伯纳说，在上海见到了太阳是他的幸运。而萧伯纳却马上摇身一变,从“债务人”变成了“债权人”。他说,在上海见到了萧伯纳是太阳的幸运。

林语堂对萧伯纳幽默的反应极为虔诚:“我想起了穆罕默德和那座大山。”他这样写道。通过这神圣的典故大师眼前的大师获得了庄严的神性。

这篇耐读的文章正好就结束在大师见证神性的一刹那。

伟大的抑郁

许多关于抑郁的书都会罗列一些伟大的患者以说明这种疾病的平常或者非常。林肯是这些患者中最常见的名字。我一直在想象一本专门谈论林肯病情的书。终于有一天,《林肯的抑郁》(*Lincoln's Melancholy*)出现在图书馆的新书架上。它出版于2005年。

这本书从托尔斯泰去世前一年讲给一个美国记者的故事开始。很多年以前,托尔斯泰应一个高加索部落首领的邀请去为那里与世隔绝的年轻人讲述文明史上的传奇。他讲完林肯的故事,大家都觉得意犹未尽。于是,托尔斯泰决定去山下的小镇里为他们找那张林肯的照片。部落首领派一个年轻的骑手与他同行。当这个年轻人接过林肯的照片时，他的手颤抖起来，他的眼泪夺眶而出。托尔斯泰不知道他为什么会这么伤心。这个年轻人指着照片反问道："你没有看到他的眼睛里充满了泪水，他的嘴角边隐现出神秘的忧伤吗？"

这个高加索山民对这张文明世界司空见惯的照片如此人道的发现惊动了睿智的伯爵。而他发现的到底是什么呢？

他发现的就是林肯的抑郁。它的第一次发作出现在他 26 岁的时候。庸俗的解释将这一次发作归因于他的恋人的早逝。他在她出葬的那天就有疯狂的表现。他抗议阴冷潮湿的天气，他不允许雨水飘落到她的坟头。他说他不会再使用"爱"这个残酷的单词了。他回到了他更早时匿名发表的那首题为《自杀者的独白》的诗作的恶劣情绪之中。那首诗显露出他对生命的彻底的灰心和绝望。

它的第二次发作出现在六年以后的那个冬天。庸俗的解释将这次发作归因于他终于接受了他极不满意的婚姻。在去参加婚礼的路上，他说他这是"去地狱"。他整天郁郁寡欢，医生诊断出他包括"疑病症"在内的许多症状。他在那一年写下的那封著名的短信里称自己是世界上"最不幸的人"。

而死亡是唯一的解脱。他在许多场合下发泄对自己的婚姻的不满。很多年后，在为一个小女孩的相册题字时，他抱怨自己的“衰老”，他告诫她应该“在生活冷却之前去享受生活/趁玫瑰还没有枯萎去摘取玫瑰”。他似乎在懊悔他错过了“玫瑰”的鲜艳。

“无缘无故的恐惧和忧伤”一直尾随他进入白宫。他仅有的武器是工作和幽默。他狂热地工作。而在工作的间隙，他总是打开贴身的笑话书。他本身就是一本笑话书。他笑自己的可笑之处，也笑自己的可怕之处。他身边的许多人都清楚他的幽默的药用和疗效。

这个经历过恋人的早逝，婚姻的阴冷以及两个孩子的夭亡的诗意的人需要怎样的毅力和智力才能够完成与上帝赐给他的“极度痛苦”的周旋？他的一生是一次不可思议的攀缘。我们很容易从教科书上看见那山顶的光芒。我们还应该能够从他抑郁的神情中想象到沿途的黑暗。

历史不忍心再让他经受平庸的死亡。这个从少年时代起就受自杀的念头纠缠的人注定要死于“他杀”。而且，他注定要从一个“剧院”走出人生的舞台。这本书的正文也选择林肯在白宫前上马车准备前往剧院的那一刹那结束。他告诉那位有事想截住他的众议员，说他们只能够在第二天见面。

第二天，他彻底摆脱了折磨他的“痛苦与不幸”，摆脱了折磨他的“恐惧和忧伤”。

丘吉尔致丘吉尔

我在 40 岁那年才知道“温斯顿·丘吉尔”的存在。他给我的“不惑之年”带来了一阵疑惑。

我没有必要在这件事情上过于责备自己。因为我有绝对的把握，在我已经知道他的存在的时候，绝大多数比我年长的人还仍然蒙在鼓里，还不知道他的存在。也就是说，在这件事情上，我仍然应该享受“先知”的待遇。

我是从一本题为《制造排行榜》(*Making the List*)的书里面知道“温斯顿·丘吉尔”的存在的。这本书的副标题是“美国畅销书(1900—1999)的文化史”。书中列出的 1901，1904，1906，

1908 以及 1913 年的头号（以及 1900 年排名第 8 位，1910 年和 1915 年排名第 2 位以及 1914 年排名第 3 位）畅销书作者是同一个人：他的名字叫“温斯顿·丘吉尔”，他的畅销作品的风格叫“历史小说”。

我当然在学龄前就听说过另一个“温斯顿·丘吉尔”的名字。我后来当然还知道那位第二次世界大战中反法西斯联盟“三巨头”之一的政治家曾经得到过诺贝尔文学奖。而且，我也知道他获奖的作品是有文学色彩的历史著作（他洋洋洒洒的“英国史”），而不是有历史痕迹的“畅销小说”。

这就是说，在英语世界里，还有另外一个“温斯顿·丘吉尔”也曾经风靡一时。借用有机化学中的概念，那个连无知的人都一定知道的“温斯顿·丘吉尔”存在着一个连博学的人都不一定知道的“同名异构体”。

《制造排行榜》共分十章，每十年为一章。每一章的前面有编者为那十年的“排行榜”写的详细说明。这些说明为研究美国 20 世纪的图书市场和阅读趣味提供了很好的资料。在第一章的第二段，编者就提到了两个“温斯顿·丘吉尔”的“没有”关系。他写道，“排行榜”上的这个多产作家不是那个“未来的”英国首相。那个“未来”的英国首相除了大量成功的历史著作和自传作品以外，只写过"一本"不成功的小说。

一个偶然的机会让我发现了这两个"温斯顿·丘吉尔"其实在有生之年发生过关系。不久前的一天晚上，我无意中翻开了那本从旧书摊上买回的1948年版的《我的早年生活》(*My Early Life*)。我碰巧首先翻到了这本书的第18章。这一章是这样开始的："1899年春天，我开始意识到有另外一个也写书的温斯顿·丘吉尔的存在。"

温斯顿·丘吉尔是从他收到的那些称赞他文学才华的信件中意识到这张冠"张"戴的混乱局面的。他开始以为人们是在恭维他自己写的那部不成功的小说。过了一段时间，他才意识到人们恭维的其实是那个写历史小说的温斯顿·丘吉尔。他于1899年6月7日从伦敦给温斯顿·丘吉尔寄出了一封短信。在这封充满恭维和客套的信中，他向温斯顿·丘吉尔保证将来在发表作品的时候他会在他们共同的姓与名之间加上他的另一个名字"斯本塞"。而温斯顿·丘吉尔同样充满恭维和客套的回信是6月21日从大西洋彼岸的维尔蒙州寄出的。他在信中保证将来出版作品的时候，会在自己的名字后面注明自己的出处(也就是加上"美国人"字样)。一场张冠"张"戴的混乱局面似乎就这样"私了"了。

在自传中，丘吉尔继续讲述两个温斯顿·丘吉尔的关系。他一年后去波士顿访问的时候，第一个接待他的人就是那个温斯顿·丘吉尔。他们在宴会上彼此发表了恭维对方的讲话。不管他们多么谦虚，这种对他人的恭维都可能被误会为是自卖自夸。

张冠“张”戴的混乱局面事实上还持续了很长一段时间。在自传第18章的最后，丘吉尔幽默地写道，在那段时间里，“我的信件都还是寄到了他那里，而他的账单都还是寄到了我这里。”

《制造排行榜》中大多数作者的名字都令我陌生。那些在过去100年里曾经红极一时的名字证实了我对大多数畅销书的“定义”：畅销书就是“很快将会被人忘记的书”。

这个“定义”应该不会伤害任何正红极一时的畅销书作者，因为他们完全可以趁自己的作品还没有被人忘记，暂时将它(们)归在那些既红极一时又流芳百世的“极少数”畅销书之列。

“疯狂”的词语

字典是理性的实物形式。在争论得不可开交的时候，如果你的对方突然提出要你“去查字典”，他是在嘲笑你的记忆或者藐视你的学识。英美文学的教授要你去查的那本字典当然是“OED”（*Oxford English Dictionary*）。它是英语世界的“CEO”，凡事由它说了算。

1915年9月，一家英国杂志刊出了关于“OED”的一则耸人听闻的故事。故事为无数多年以后将要翻开“OED”的人翻开了“OED”的正文中永远缺省的一页。这一则故事很快风行到了“日不落”帝国的每一个角落，甚至在中国天津的报纸上都出现了它的一个版本。据说,故事分散了英国人对正在进行中的世界大战的注意。如果说一切战争暴露的都是疯狂后面的理性,这一则故事的卖点就是理性后面的疯狂。

故事的高潮是“OED”的总编辑莫瑞(J. Murray)博士与“OED”最重要的供稿人米诺大夫(W. C. Minor)的第一次见面。米诺大夫从1880年“OED”的编辑工作启动时开始,每星期都从他的住地科若索恩给编辑部寄来他对词语的释义以及他在珍本中找到的那些词语年代不同的“引语”。尽管牛津与科若索恩相距仅一小时“马车程”,两位学者17年来却还没有见过一面。在通信中,莫瑞博士能够感觉到他的这位最重要的供稿人生性羞涩,不好交际。这一次,他决定亲自前往科若索恩,去邀请米诺大夫来牛津参加作为维多利亚王朝大庆一部分的字典初具规模的庆祝仪式。当莫瑞博士抵达科若所恩时,他惊奇地发现,那是一家关押有犯罪记录的精神病人的“监狱”。而他要邀请的贵宾,不是那里的主管医生,而是那里的病人,那里被关押时间最长的犯人。

米诺大夫于1834年6月出生在斯里兰卡。13岁时,他对异族少女萌发的狂想令他在那里传教的父母十分不安。他们将他送回美国。他学习勤奋,29岁那年获得耶鲁大学医学院的学位，专长于比较解剖学。他有过一次解剖尸体时划破手指的经历，严重的感染几乎令他丧命。而对他的真正刺激来自南北战争。络绎不绝的恐怖场面最后使这位北方军队的医生精神崩溃。他被送进首都华盛顿的一家精神病院。他从那里出来之后，成为政府供养的病人。他每月领取一份丰厚的津贴，却永远躲开了救死扶伤的义务。

1871年10月，米诺在波士顿登上一艘汽轮。他的目的地是伦敦。他想在那里放松一段时间。他带着有效的军官证，足够的现金以及一位朋友写给大文豪拉斯金的推荐信。他的行李中除了很好的画架和不少的书籍，还有一支用处不大的手枪。

那支手枪四个月后的一个凌晨在他居住的旅馆附近结束了一个他素不相识的普通人的生命。他被英国警方拘捕，以故意杀人罪受审，最后作为“患精神病的杀人犯”而被判终生监禁。

米诺在特殊的监狱里反省自己的行为。他想资助被害者的遗孀，又害怕她的拒绝。对方的同意给了他很大的安慰。当对方来监狱看望他，并询问需要她做点什么的时候，他给了她一个很长的书单。通过这个渠道，他不断获得他想要的珍本。他的牢房变成了图书室。1880年的一天，当他从报纸上读到“OED”征集供稿人的消息，米诺马上就懂得了他收集的那些珍本的意义。

《教授与疯子》(*The Professor and the Madman*)是1998年的畅销书。曾经在中国住过多年的温切斯特(S. Winchester)当时已经是12本书的作者。他在这本书里公布了他在米诺一位后代的阁楼上发现的莫瑞的书信。这些书信证实莫瑞在1888年左右就通过哈佛的一个图书管理员知道了米诺的“底细”,而他们不那么戏剧性的第一次见面发生在1891年1月。风靡1915年的故事将这次见面推迟六年是想借维多利亚女王的大庆增加故事的戏剧性。

在第一次见面以后,莫瑞经常去看望米诺。两位学者在监狱的过道和花园里散步,讨论词的起源和引语的来历。他们低沉的切磋将通过“理性的实物形式”传到空间的尽头,传到时间的深处。

然而,“疯狂”并没有放过米诺。1902年12月的一个早晨,米诺用铅笔刀对自己施行了最残忍的“外科手术”。他想从此了断自己对性的狂想和渴望。他的自残行为再一次激起了人们对他的保释的关注。经过复杂而漫长的努力,1910年4月,允许他离开英国并从此不再返回的官方文件终于签了字。签字的人是时任内务大臣的年轻的丘吉尔。

米诺十年以后死在康纳迪克州。他活到了将近 86 岁。而莫瑞比他早五年去世。在莫瑞去世之后,米诺写信给他的太太,托她将他留在那里的珍本捐赠给牛津大学最大的图书馆。那些珍本现在仍然被保存在那里。

虔诚的拒绝

在任何一种奥林匹克“全书”里，你都能够找到埃里克·利德尔(Eric Liddell)的名字。他是1924年巴黎奥运会400米的冠军和200米的第三名。他在400米的比赛中跑的是外道，他前一半的速度接近他200米的决赛成绩。这种跑法被专家点评为战术上的错误。但是，利德尔一直保持了他的优势。他的一路领先令两个对手在奋力追赶时失去了平衡。

这也许不算是他的传奇。一年前，在一次400米比赛中，他自己被对手绊倒。爬起来时，他已经落后了18米。但是，他在冲过终点之前却超过了所有的对手。赛后他重复他的豪言，说:“我不喜欢被击败。”

这也许还不算是他的传奇。利德尔的强项实际上是100米。他100米的成绩领先于他的所有对手。他是那个时代呼之欲出的“飞人”。但是,他拒绝了在奥运会百米赛场上的出现。他拒绝了他可以一蹴而就的殊荣,拒绝了离他仅举“足”之劳的盛誉。他的拒绝是当时的头条新闻。这条新闻挫伤他的祖国(不列颠)的自豪感,也挫伤了他的民族(苏格兰)的自尊心。他拒绝的理由是100米的决赛被安排在星期天。在这个虔诚的基督徒看来,星期天是安息日,他应该在教堂而不是在赛场度过这七天一次的日子,哪怕在四年一次的奥运会期间。他以同样的理由拒绝了4×100米的接力比赛。

这个为了上帝的荣耀而拒绝了世俗的盛誉的苏格兰人1902年生于中国天津,1945年死于中国潍坊。这与“原产地”不符的生死更渲染了他的传奇。他的一生中有一半以上的时间在中国度过。他5岁才离开中国回到苏格兰去“长大”。他在他的奥运会以后不久就又随在中国传教的父亲开始了他自己在中国的传教。这时候,他具备了一定的妥协性。他为教区里无所事事的孩子们组织了星期天的足球比赛,并且出任比赛的裁判。他在战争开始后不久被日本人关进了集中营。他在战争即将结束的时候因为脑癌死在集中营的医院里。他总是教导难友们要“爱自己的敌人”。他的教诲拯救了许多失去方向的灵魂。

1981年获得“最佳影片”等四项奥斯卡奖的英国影片《烈火战车》(*Chariots of Fire*)就是根据利德尔和他的一个队友的事迹改编的。这部影片的主题音乐至今应该仍然能够令大部分80年代的“过来人”耳熟和心跳。影片将利德尔传奇的身世改编得更富戏剧性。影片中,利德尔在上船去巴黎的时刻才得知百米决赛被安排在星期天。这种改变加大了冲突的强度。

影片中有一段主要领导找运动员谈话的场面。这位领导是当时的威尔士王子。在巴黎豪华的酒店里,年轻的王子以国家的名义规劝利德尔,希望他能够在国家和信仰之间做出正确的选择。利德尔固执己见,寸土不让。他的强硬令年轻的王子灰心丧气。

12年之后,年轻的王子变成了爱德华八世。任何一种“英国通史”上都会复述如下的故事:当年1月登基之后,爱德华八世遇到的第一个政治问题其实是个人生活问题。他需要在“极权”与“至爱”之间,或者世故一点说,在一个霸权旁落的“国家”与一个即将第二次离婚的“女人”之间做出选择。像12年前他力劝过的那个虔诚的基督徒一样，爱德华八世做出了耸人听闻的选择。他于登基11个月后逊位，在历史的边缘过起了漂泊不定又屡遭非议的生活。

灵魂之间的距离

如果父亲和儿子都是名垂青史的艺术家，而父亲靠的是他创造的静止的画面（他是伟大的画家），儿子靠的是他创造的活动的画面（他是电影的大师），那么，这父子俩共用的“姓”就一定是雷诺阿。

我在深圳的书架上有一本中译的《我的一生和我的电影》。我曾经非常喜欢特鲁福（Truffaut）的电影作品，而雷诺阿又是特鲁福推崇的电影行业里的至尊，根据逻辑学中的传递律，我对雷诺阿也发生了兴趣。我读过他那本很薄的自传中的许多段落。其中给我留下最深印象的是他关于米高梅公司一位制片商的回忆。我记得我在写作课上还谈起过那一段回忆。我欣赏电影大师城府很深的写作风格。

这远方的阅读也许是我从教堂地下室的旧书摊上购回《雷诺阿,我的父亲》(英译本)的渊源。这本比雷诺阿的自传厚得多的关于雷诺阿的传记的扉页上有一段雷诺阿虚构的读者与作者之间的对话。读者说:“你呈现给我们的不是雷诺阿,而是你自己关于雷诺阿的概念。”作者固执己见,他狡辩说:“当然,历史最终是一种主观的体裁。”

从这主观的体裁中,我读到了许多生动的轶事。比如雷诺阿痴迷于大仲马的作品,他在儿子刚学会阅读的时候就要求他来分享自己的这种痴迷。有朋友警告他,大仲马的作品中有太多的私情和案情,不利于孩子的健康。他却反驳说,对道德的歪曲正好是作者道德健全的标志。又比如雷诺阿喜欢巴赫的音乐,理由是“他的音乐不讲故事”。他对巴赫的崇拜与他自己在绘画上的追求相一致。他追求纯粹的艺术。他说他画的画就只是画,纯粹的画。他拒绝用他的画去讲故事。

传记中关于“外公”的故事是从雷诺阿不喜欢岳母说起来的。“外公”是勤奋的酿酒商。他拥有当地的最好的葡萄园。他的生意非常顺畅。他的生活非常幸福。他年轻的妻子漂亮又能干。她非常注重房间的整洁，尤其是在意她料理得像镜子一样的橡木地板。丈夫晚上回家的时候，可能会在毫无瑕疵的地板上留下一点泥土，那会让她心惊胆颤。有一天，她用非常策略的方式向他提出了这一点。她的丈夫于是将鞋脱在了门外。第二天，她又提醒他的注意。然后是第三天，第四天……她的丈夫没有对这提醒表现出任何的不耐烦。这样持续了一段之后的一天晚上，当他回到家门口时，他的鞋子上仍然像往常一样沾满了泥土。可是，他没有像往常一样将鞋子脱下来。他说他要去村里买一点烟草。他转身走远了。他不停地走。"直到将整个大西洋横在他与他妻子之间"，他才停了下来。

这感人的故事引诱我重读《我的一生和我的电影》。这一次，我直接从雷诺阿的母语进入他的世界。我的入口是给我留下过深刻印象的第 43 节。美丽的法语将我十年前的体验一点点缝合起来。在雷诺阿的文字里，制片商列文（Albert Lewin）是一个极为孤独的人物。他在"精神上"疏远他在其中非常成功的职业。他迷恋超现实主义文学和他的表妹（他的妻子）。妻子的死令他失去了抵挡孤独的盾牌。他邀请许多朋友们来讨论抽象的问题。他想躲避在这种"刻意的活动"的后面。但是，对妻子的回忆会经常击溃他构筑的工事，将他暴露在孤独的射程之内。不久,他也孤独地死了。这最后的孤独"肯定不会令他吃惊",雷诺阿这样写道。但是,它却震惊了雷诺阿:他从此没有再踏上过纽约的土地。

错误的预言

在我出生不到24小时的时候，不到32岁的古尔德在洛杉矶结束了他一生中的最后那一次音乐会。他从此不再与听众见面。

不相信“一次性”的冲动和不相信“一夜”的激情是古尔德摈弃音乐会的重要原因。在这个心比天高的完美主义者看来，演奏家只有在没有掌声的录音棚里通过不厌其烦又殚精竭力的纠偏才能够接近艺术的完美。他的作品就像是首先经过“微分”然后又经过“积分”而获得的奔向极限的光滑曲线。他要用在空间中的消失换取在时间中的永不磨损。

古尔德摈弃音乐会的更重要的原因其实是“音乐会不会活过20世纪”。他在多伦多大学接受荣誉博士学位时对音乐会的寿命做出了如此骇人听闻的预言。古尔德的理由是：“音乐与各种电子媒体的关系决定了未来音乐创作和表演的方式”。

对我们这些碰巧活过了20世纪的人来说，这当然是“错误的预言”。

古尔德演讲时我刚满月不久。他演讲时的照片被安排在《古尔德：照片中的一生》一书“新的地平线”一节的最前面。我这一次借回这本书是因为其中有两张我在《意大利协奏曲》中提到的那部纪录片拍摄现场的照片。那部纪录片从一段已经赢得国际声望的年轻气盛的钢琴家与纽约见多识广的出租车司机之间即兴的谈话开始。出租车司机费了一番周折才明白了钢琴家“古典”的谋生方式。他马上想到了钢琴家为“让人们不至于厌倦至极”而经历的“很不容易”，对得意的钢琴家充满了朴素的同情。

三年前，我第一次借回这本书是因为注意到为书作序的人是马友友。这篇简短的序言给我带来了长时间的快感。我从青春期开始就对音乐大师们的语言才能充满了好奇。起因也许是1980年夏天我在湖南的一个小城买到并且痴狂地阅读起来的那本《李斯特论肖邦》。李斯特华丽的谈论令那个16岁的中国青年从此对艺术，天赋，创造和爱情肃然起敬。

这一次，我重读了这篇序言。马友友用漂亮的语句恭维古尔德对“抽象”的深刻理解以及古尔德的演奏呈现的深刻的“简单”。他称古尔德弹奏的《哥德堡变奏曲》对他是一种“显灵”。他还将古尔德与物理学家费米做比较。“大自然”是他的这两个偶像的偶像。不同的是，费米虔诚地探讨大自然的秘密，而古尔德则狂热地挪用大自然来张扬个人的想象。

古尔德将这种想象发挥到了极点。他从没有到过加拿大意义上的北方，却制作了一个名为《北方的理念》的很成功的广播节目。马友友为这种想象辩护。他提到拉威尔从没有到过东方，却用“银铃般”的五音阶体系来充实自己作品。他维护用想象“反映”世界的合法性。

甚至对古尔德几乎接手制作一个关于“中国”的节目，马友友的反应也很大度。古尔德恐惧飞行，他的条件是不离开加拿大。因此他打算在节目中突出中国的“孤独”。马友友毫不怀疑古尔德精彩地想象出“中国”的可能性。

但是，关于音乐会的死亡判决却并不是建立在想象之上的。古尔德的错误基本上顺应了历史的潮流。如果他仁慈地将死刑缓期一个世纪执行，这个判决将不仅能够逃过我们这些活过了20世纪的人的奚落，还很可能赢得那些将活到了22世纪的人的尊重。

最后的变奏(外一篇)

是陌生又奇妙的古尔德为我这一年的写作揭开了序幕:他出现在我的第一篇专栏作品里。我在那里提到了他的传记《奇妙的陌生》。

现在,这部传记就摆放在我的身边。我的专栏很快就要结束了:重新翻开古尔德的生活,让我有一种“轮回”的感觉。

我注意到传记作者在扉页上引用了一段《仲夏夜之梦》中的台词。原来这“奇妙的陌生”(wondrous strange)出自语言的圣殿。莎士比亚在这语言游戏之后紧接着问道:“我们应该怎样从这不和谐之中发现和谐呢?”这显然也是传记作者为自己设定的任务和向读者提出的挑战。

传记一开始就在炫耀这“发现”的难度。“他死了，这是真的……在他 50 岁生日之后不久”，这是传记第一句话的上半句。“但是，很少有古典音乐的演奏家能够在死后还这样活着并且活这样久”，这是传记第一句话的下半句。传记一开始就已经充满了“不和谐”的音响。

紧接着，传记作者提到古尔德曾经戏称自己将会“出席”自己的追悼会。他想亲眼看看有没有很多的人来或者有些什么人来。我们不可能知道这个自认为“孤独是通往快乐的必由之路”的天才会怎样评价他那一天“看到”的结果。那一天，有 3000 多人从世界各地赶来为他送行。追悼会以他刚刚录制不久的《哥德堡变奏曲》中的一段音乐结束。传记作者机智地将这看成是古尔德“出席”的标志：“古尔德为自己演奏了安魂曲。”他这样写道。

传记的正文分为六个部分，每个部分中的小章节都以古尔德通常是“不和谐”的言论为标题。第一部分(1932—1947)是他的少年时代的故事，其中使用了这样的引语：“6 岁的时候，我发现：我与人的相处远远不如我与动物的相处那么和谐。”以及“我注意到上学是最不快乐的经历。”

第二部分(1947—1954)是他刚刚成为“国宝”时的故事,它使用了这样的引语:“统辖所有艺术的问题是:在多大的程度上它完全符合逻辑?”以及“整个少年时代我都很抵制成为一个音乐会演奏家的想法。”这显示了古尔德自我的进一步“膨胀”。

在传记的第三部分(1954—1964),古尔德已经是名扬四海“音乐会演奏家”了,而他却说:“在现场音乐会上,我觉得自己地位卑微,就像是杂耍表演者。”他还说:“对这个世界来说,我是有点太精致了。”以及“我真想我自己的后半生能够属于我自己”。

而在传记的第四部分(1964—1975),古尔德终于开始了属于自己的“后半生”:“自从15岁以来,每年我都宣布退休。这一次我大概能够如愿以偿了。”他在32岁(1964年)的时候彻底告别了令他感觉“地位卑微”的舞台。

在随后的两个部分,传记作者选用了这样一些引语:“你知道我是一个无法治愈的浪漫主义者”以及“手指与弹奏钢琴没有太多的关系”以及“我会写我的自传,但是,它肯定是一种虚构”。

一年前翻开这本书的时候,我从正文的最后一段知道了古尔德下落:他的墓地的位置(Mount Pleasant Cemetery的第38

号墓区)。现在重新翻开这本书,他的墓地却已经是我记忆的一部分。我在夏天去多伦多的时候特意去过那里。

古尔德就埋在他的钢琴启蒙老师(他的母亲)的旁边。他简朴的墓碑平卧在草地上。除了他的名字以及他出生和入死的年份之外,墓碑上还有简化的《哥德堡变奏曲》中的前三个小节。

距离我第一次在地球另一侧的深圳听到这三个著名的小节已经十二年过去了。那遥远的过去却依然在变奏,变奏成现在……

时间虚构着我们的生活。而不朽的音乐将用它的不朽来安慰我们受惊的灵魂。

寻找诺尔曼

被采访的人正在谈论“诺尔曼”，他说“诺尔曼”从中国回来之后情绪非常不好。这说明被采访的人谈论的不是诺尔曼·白求恩，因为中国是白求恩人生之旅的终点，他没有“回来”。这么说，加拿大还有另一个不远万里到过中国的“诺尔曼”？

我将收音机的音量调大了一点。可是，采访很快就结束了。我只能确定这个“诺尔曼”是小电影的大师。回顾他对世界电影的贡献是这一年戛纳电影节的主题。

我急不可耐地等待着当天晚上与罗曼（罗曼的故事请参阅我的随笔《异域的迷宫》）的见面。我知道我可以从他那里开始寻找这个“诺尔曼”。

刚在小镇圣约维的那家别致的小餐馆坐下，我的问题就提出来了。罗曼的确能够帮我起步：他告诉我，诺尔曼·麦克莱恩(Norman McLaren)是他在国家电影局里的同事。接着，他还兴致勃勃地向我介绍这位同事的一些革命性的电影制作方法，如直接在胶片上绘画和刻划等等。罗曼说诺尔曼·麦克莱恩是一位天才的艺术家，为电影带来过许多的惊喜。

但是，罗曼并不知道这天才的艺术家为什么会去中国以及他奇特的中国之行对他自己的创作有什么影响。

我要在大学的图书馆里继续我的寻找。我找到了他的两本(两种语言的)传记和一本他自己的画册。我因此得知，这位天才的艺术家一生获得过包括奥斯卡和金棕榈奖在内的两百多个电影奖。而他又“红”又专，是出名的左派。片长 8 分 10 秒的奥斯卡奖短片《邻居》(1952)是他对朝鲜战争的强烈抗议。而正如罗曼已经介绍过的，他制作了许多“不用摄像机的影片”，展示了层出不穷的创意。

这位天才的艺术家 1949 年秋天出现在激战中的中国。他是为联合国教科文组织的一个为期一年的“基础教育”项目而出现的。他的责任是教授中国年轻的艺术家制作关于乡村公共卫生的纪录片。我借到的那本法语传记是加拿大名人系列中的一种,出版于1991年。传记提到那奇特的中国之行激化了艺术家的反战情绪同时又严重损伤了他的身体健康。而在收入英文传记(1976年出版)中的那篇访谈里,艺术家更谈到了朝鲜战争对他的心理造成的破坏。他说他被残酷的现实分裂成了两半:一半属于他认同的中国,一半属于他天生的西方。这种分裂无疑是他的那部奥斯卡奖短片的生理基础。

用英法双语出版的画册出版于1975年。在画册的扉页上,艺术家写道:“电影是我的工作,绘画是我的娱乐。”显而易见,他的娱乐也充满了灵感和激情。画册的第八章题为“中国”,收在其中的九幅水墨画是艺术家根据“凝固”在他的记忆里的“中国中部神奇的山景”创作的。在这一章简短的文字说明中,见证了改天换地的艺术家称他的所见所闻“温暖”了他“对人道的信仰”。

我继续自己的寻找。在一本1950年出版的英文杂志上,我找到了艺术家从中国回来之后不久发表的“所见所闻”。那篇内容翔实的文章将我带到了现代中国历史上最重要的那个冬天。艺术家注意到的许多人道的细节令我对历史的变迁浮想联翩。

那个冬天，中国需要的不是“公共卫生”。艺术家在改天换地的中国成了“多余的人”。他等待着新政权给他签发的通行证。他等了五个月。当那张允许他回家的证件抵达他手里的时候，他得意地注意到证件的编号是“001”。他分享了一个古老国度用生命和鲜血换来的新意。

艺术家在他见闻里引用了一段自己的日记。这让我注意到，关于那奇特的一年，他有完整的记载。我很想知道那部日记现在保存在何处。我还在他传记的一个注释里得知艺术家曾经向联合国教科文组织提交过一份长达60页的中国之行的报告。那一份报告又保存在哪里？

我关于001号的寻找还刚刚开始。

这也是我关于“开始”（关于1949年）的寻找。

“回光返照”的身影

我不喜欢读报纸，却喜欢读报纸上的讣告。这正像我不喜欢看电视，却喜欢看在电视上直播的葬礼。我指的当然不是“庄严肃穆”的中式的葬礼，而是“悲喜交加”的西式的葬礼。在那种葬礼上，与死者相关的笑话通常是那些在葬礼上致词的人首次充公的私产。那些令所有人都前呼后仰的笑话总是出现在不可能令所有人苟同的丰功伟绩之前。它们既再现了普遍的人性，又给葬礼增添了难忘的个性。

而西式的讣告中也充满了生命的传奇和梦幻。它们经常带给我光怪陆离的故事。比如这样的故事：讣告中的死者后来是股票经纪人，这只是平庸的身份。他生命的亮点出现在他年轻的时候。作为一位盟军的飞行员，他最著名的任务不是去投下炸弹，而是去投下一副假肢。故事必须从他那位极为著名的战友开始。那位被德国人俘获的盟军王牌飞行员曾经做过截肢手术。当他的飞机被德国人击中的时候，他的假腿也被打坏了。德国人通知他们的敌人为这著名的战俘空投一副假肢，并且建议在空投期间暂时停火。盟军方面拒绝了停火的建议，但是保证假肢会准时空投到位。这篇讣告里的死者成功地完成了这项冒险的空投任务。

另外一篇讣告的死者活了 96 岁。讣告引起我的注意，是因为随讣告一起发表的一张老照片里，她的身边竟是七个时髦漂亮的中国女大学生。她出生在德国，并且在那里完成了医学院的学习，成为一名见习医生。但是，因为她做法官的丈夫曾经给一个纳粹的支持者定过罪，在纳粹得势之后，他们不得不背井离乡。1939 年，他们在法国南部住下来。她继续学习，又从里昂大学得到法国的医学文凭（她的第二个医学文凭）。1941 年，他们继续逃难，逃到了上海的法租界。在侨居上海期间，她曾经在复旦大学担任微生物专业的教授。讣告中的照片就是当时她与她的中国学生们的合影。同时，她还设立了一个妇科诊所，专门帮助救治遭受日本士兵强暴的中国妇女。她还设立了一个领养的机构，帮助战乱中的中国孤儿找到新的生活。她还设立了一个医学实验室，专门为滞留在上海的犹太医生提供就业机会。第二次世界大战结束之后，她定居到了蒙特利尔。在这里，她继续深造，又获得了加拿大的医学文凭（她的第三个医学文凭），并且成为医学院的研究员。

有趣的是，在这位一生中做过无数事情的女人的讣告下面竟是一个也活了将近 90 岁，却可以说什么事都没有做过的男人的讣告。他是一个"职业的"流浪汉。他的业绩是曾经五次被授予北美的"流浪汉之王"的称号，并且于 2004 年被晋封为"大长老"。他对现在的流浪汉缺乏职业水准的状况极为不满。"流浪是为了打量和观察世界，并且与其他人分享自己的看法。"这是他的生活准则和职业操守。

促使我写下这篇文章的其实是我刚读到的这篇讣告。死者是一位著名的电影制作者。他 18 岁就进入了加拿大国家电影局，师从我先前提到过的"小电影的大师"麦克卢恩。26 岁时，他的作品就已经获得了奥斯卡最佳动画片的提名。但是，面对名声，他却"应付不了自己的自我"。33 岁时，他放弃了电影局的工作，走上街头，成为一名自愿的乞丐。他对乞讨情有独钟。他将乞讨归纳为两类：一是“悲惨地”乞讨，一是“娱乐地”乞讨。他自然将自己的选择归于后者。从这个角度看，他流落街头的这三十年实际上并没有离开“娱乐圈”。

上帝为世界设计了许多种“活法”。这些西式的讣告最完整地展现了上帝的“万能”。

我喜欢对生活表面上心平气和的追忆，我迷恋那些追忆中“回光返照”的身影。

滔滔不绝的自己

一位传记作者用一次采访的经历体会到了接近伍迪·艾伦的艰难。他抱怨说，在那次采访之中，电影大师最短的回答是“No”，而最长的回答是“Yes”。

《伍迪·艾伦谈伍迪·艾伦》(出版于 1994 年)一书的编者在序言里也谈起了接近这位“不喜欢离开纽约，更不愿意参加与自己的电影有关的公共活动”的大师的艰难。他们的第一次见面与 1986 年的戛纳电影节有关。大师“不愿意走近电影节”，于是，“电影节不得不走近大师”。受电影节的委派，编者与戈达尔一起走进了伍迪·艾伦在纽约的办公室。

五年之后，编者提出了关于写作这本书的建议。大师最初的反应是“现在”还不是时候。

还需要等待二十个月，这个“时候”才终于到来。大师终于坐下来了。他协助编者完成了对他的二十四次采访。第一次采访是一个引子，大师回答了关于他的童年以及他最初的作品的一些问题。从第二次开始，采访以大师作品问世的先后为次序，每次采访以一部影片的名字为题目，并且围绕那部影片展开。看得出来，大师的态度非常合作。他最短的回答比本文第一段中提到的最长的回答都要长。

如果你非常喜欢伍迪·艾伦的作品，你就应该去读这本书，去读这位在影片之中滔滔不绝的大师在影片之外罕见的滔滔不绝。

伍迪·艾伦几乎是他自己所有影片的原型、编剧、导演和演员。这一次，他又从另外一个方向介入了电影：他成了自己作品的评论家。他评论这些作品中的人物。他评论这些作品的编剧、导演和演员。也就是说，他在评论他自己。通过这种评论，他让观众看到了一个银幕之外的自己，一个与银幕之中的自己同样滔滔不绝的自己。

他评论他自己与电影节的关系。他说他有时候也将作品送往电影节,但是,他从来不去参加奖项的角逐。他说他的作品是用来观赏的,而不是用来竞争的。他说他从来没有出席过一些著名的电影节(他的这种固执后来会不会有点松动?)。他说那些电影节就像奥运会一样,越来越政治化了。他说他从小就不喜欢参加"政治活动"。

他又评论他自己与"写作"和"阅读"的关系。他说他在会"阅读"之前就已经会"写作"了。这是令我垂涎三尺的"生而知之"。他最早的写作是给报纸写笑话。他说毕加索看到一张白纸就想用画将它填满,而他自己有类似的冲动:看到一张白纸他就想将它写满。写作给他带来乐趣。相反,尽管他读得很多,他却从来没有喜欢过阅读。他说他读得很多不是因为他感到了阅读的乐趣,而是因为他知道阅读的重要。也就是说,他的阅读是理智的行为,而他的写作则根于冲动和情感。

他还评论他自己对评论的态度。他说他越来越不在乎别人对他的作品的评论了。他说对别人的评论知道得越少,自己的创作就会越好。但是,他显然非常清楚自己不可避免地要成为被研究和评论的对象。一部著名的作品里,他的人物遇到过这样的问题:"你在学校里研究过电影吗?"这个自传性的人物回答说:"没有。在学校里,我什么也没有研究过。他们研究我。”

在评论自己作品中的一个人物时，伍迪·艾伦说她一生总是做出“保险和冷静”的选择，却从来没有做过“正确”的选择。这很可能是对许多人的“一生”的总结。也许正因为如此，他的喜剧人物对人生通常都有极为悲观的看法。他的一个人物认为世界上只存在着两种人生：一种是“可怕”的人生；另一种是“可怜”的人生。而这个人物进一步声称，拥有“可怜”的人生就应该让人感到万幸了。

大师没有能够享受到这人生“万幸”。他的私生活一度变成了滔滔不绝的新闻，他自己一度变成了众矢之的。在“可怕”的人生里，语言会变得不可理喻：有时候，最短的回答都会显得太长；有时候，最长的回答都会显得太短。而所有的回答都会突然变得毫无意义。

在这个摩登时代看那个《摩登时代》

“一部被遗忘的旧片子在里弄的小电影院里放映的时候，也许能让未来的孩子既笑得浑身颤抖，又止不住眼泪直流。”激情的阿拉贡用这样的话来结束他为一本卓别林传记写下的序言。

我自己曾经是这“未来的孩子”，我在《摩登时代》在纽约首映四十三年之后，才在长沙的一个露天电影场看到了这部“旧片子”。后来，身边的少年也成了这“未来的孩子”。我在20世纪快结束的那几天里为他找到了那部影片的VCD。这“未来的孩子”得以在这个摩登时代目睹那个《摩登时代》的场面。阿拉贡的预言又一次变成了不折不扣的“写真”。

我所看到的《摩登时代》被保存在2320米长的胶片里，而身边的少年所看到的《摩登时代》则已经被压缩在两片标准半径的圆盘里。这圆盘有点像影片中被冲床压扁的那位技师的怀表。那场虚构的意外好像是一个象征：将来全部的人类历史都可能要被“摩登时代”压扁进这种标准半径的圆盘里。

经过这样的压缩，波莱特·戈达尔却并没有走样。这位与卓别林有九年共同生活的女人（他的第三任妻子）看上去还是那么生动活泼。由阿拉贡作序的那本传记将波莱特·戈达尔的成功归结为卓别林的“创造”。传记作者称，卓别林在这个当年穿戴得像个镀金木偶的女子的身上“发现”了有利于创造形象的因素。卓别林曾经亲自为她梳头，使她的发型保持一种朴素的式样，“决不和那些发式专家们的五花八门的波浪式同流合污”。可是，在她与卓别林离婚之后，就再没有人能够“如此严格地管束她了”。她因此也变得与其他的明星没有什么两样，变成了好莱坞的“大路货”。看得出来，传记作家这是在替卓别林说话或者疗伤。

关于波莱特·戈达尔，新浪潮导演让·雷诺阿在《我的生平和我的影片》一书中有不同的记载。雷诺阿对卓别林的崇拜同样是无以复加，不过，他同时对波莱特·戈达尔也十分欣赏。他在书中写道："这个漂亮的女人很有见识，和她在一起永远也不会感到无聊。"

有一天，他问波莱特·戈达尔，卓别林为什么会傻到去抛弃一个如此才华横溢的女人。当事人的回答有点耸人听闻：她说其实不是卓别林抛弃了她，而是她抛弃了卓别林。她马上给出的抛弃卓别林的三条理由：第一，卓别林在生活中没有任何幽默感；第二，他们的住宅大得没有生活气息，像是一座坟墓；第三，天才人物往往令人难以忍受。

三条原因中的最后一条是"普遍"真理：庸人比天才容易相处，这是上帝造人的准则或者"阴谋"。而第二条原因也算是本于"事实"。值得玩味的是第一条原因：它究竟是卓别林本人的实际情况，还是波莱特·戈达尔的主观感受？

阿拉贡的序言里记载了1952年11月卓别林访问巴黎时被毕加索带上他的奥古斯丁阁楼时的细节。当大家爬上阁楼时，突然停了电。阿拉贡听见卓别林对他的第四任妻子说"小心点，你刚才在一百万美元上踢了一脚……"后来大家发现，奥娜·奥尼尔果然是碰到了一幅塞尚的画。这个细节好像可以说明卓别林在生活中并不是"没有任何幽默感"。

不过，这第一条理由并不是纯粹的“主观感受”，因为我在其他的地方也读到过卓别林在生活中缺乏幽默感的见证。他的一位朋友这样解读这种生命的悖论：“喜剧大师的幽默感已经被他的事业耗尽了。”我相信这是合理的解读。

卓别林在婚姻方面的经历也提供了一个“悖反”的例子。他前三次婚姻都不长久，其间还穿插着频繁和短暂的绯闻。但是，这个不会与女人相处的人在五十五岁之后，却有幸大器晚成！用他自己的话说，是“前所未有地细细品味现有的生命”。那一年，18 岁的美女奥娜·奥尼尔不顾她那诺贝尔文学奖得主父亲（尤金·奥尼尔）的强烈反对，又毅然抛弃了与她年龄相当而且将会成为文学巨星的男友（他后来因为《麦田里的守望者》而光彩夺目），嫁给了仅比她父亲小几个月又正被绯闻缠身的喜剧大师。

也许是因为她早就从与父亲的相处中学会了与难以忍受的天才相处的绝技？奥娜·奥尼尔不仅进入了卓别林的生活，而且从此没有再离开过卓别林的生活。她用青春和成熟让卓别林感到了“从来没有感到过的美满和幸福”。

这是一次多产的婚姻：八个孩子随着这婚姻降临人世。这又是一次超级稳定的婚姻，它存在了三十四年，一直将卓别林伴送到了生命的尽头。

她不会在那里

很多年以后，谈起他震惊世界的第二任妻子，亚瑟·米勒的一阵感叹触动了他的采访者。“她整个一生都生活在坟墓的旁边。”他这样感叹说。这感叹很像是一块墓碑上的碑文：这是关于那个时代最著名的偶像的最贴切的碑文。

根据这样的碑文，我们能够更好地理解那震惊世界的偶像。虽然她可以超越语言，阶级，肤色，国家等等一切可以想象的界限，出现在世界上任何一个甚至想象不到的角落，演变成几乎所有人的惊叹，焦虑或者梦想，她短暂的“一生”其实却从来就没有偏离过自己的终点：这不仅仅是所有人命中注定的终点，这更是她自己与生俱来的终点。

米勒在他的自传《时间的流转》（*Timebends*）中这样写道："在她无忧无虑和幽默机智的表面底下，死亡是她形影不离的伴侣。"他第一次看到这位在荧幕上看上去"像香槟一样"的"完美的美人"，就看到了她天赋的不幸。他对她说，她是他见过的"最忧伤的女孩"。而她对他说，她从来没有听到过别人这样谈论她。会有谁去在意她的灵魂呢？在别人的眼里，她只是一具肉体：代表着快感，享乐或者堕落的肉体。可是，她像许多普通人一样，渴望和需要别人对她的灵魂的洞察。他们的婚姻就从这"最忧伤"的发现开始。

这本出版于 1987 年的自传没有序言，也没有目录。米勒仅仅用七个基数词将他充满戏剧性的生活截断。他喜欢用很长的段落，这无疑是这部自传视觉上的一个重要特征。自传的许多段落写得很像是剧本中的场景说明。最开始的四个自然段是明显的例子。米勒将他的读者变成了观众。他向他们逐渐打开的是一个很深的舞台。首先进入观众视野之中的是他的母亲。她正在用电话与她的一个姐妹交换刚听到的流言蜚语。通过她的眼睛，观众看到了趴在走廊地板上的"我"。米勒没有告诉他的读者这一幕发生在哪一年。这部题为《时间的流转》

的自传自始至终都在躲避客观的时间。

而他的叙述却基本上是按照时间的顺序展开的。读者可以通过事件和心理的发展感觉到时间的流转。不过,米勒也经常打破时间的限制,比如他的第二任妻子首次出场的时候,他仍然还没有从地板上爬起来。他在刚开始谈论他父亲的时候就谈到了她。他说他的父亲因为“孤儿”的出身而从她那里得到过特别的关怀。一个细节出现在自传的最后。在他们离婚之后不久,她还曾经带他的父亲去参加肯尼迪总统的生日会。当肯尼迪与他父亲握手的时候,她站在他们之间,老人的笑话将她逗得仰起了头。这个瞬间变成了一张令老人非常得意的著名照片。米勒解释说,他的第二任妻子有一种特殊的本能:她能够在人群里很快识别出那些从小就失去了父母或者像她一样曾经在孤儿院生活过一段时间的人。她会给他们特别的关怀和体贴。

梦露自杀的消息唤醒了米勒的许多记忆。他说他仍然盼望着与她的下一次见面,盼望着再一次与她谈论起他们共同经历的“全部的愚蠢”。一个记者来电话问他会不会去参加她的葬礼。“最忧伤的女孩”的下葬是米勒不可能接受的事实。他不假思索地回答说:“‘她’不会在那里。”他听到了记者的惊讶。

他不想再说什么。他挂断了电话。

在属于米勒的“流转的时间”中，这整个一生都生活在坟墓旁边的“最忧伤的女孩”永远都不会走进自己的坟墓。

自由的魅力(外一篇)

那时候,北京很好玩。那时候,我很好(请读第四声)玩。

我会早早地等在首都剧场的门口,我希望等到一张入场券。我将价钱想象到了不可承受的高度。我已经下定决心,准备去承受那样的高度。但是,那一天离开场只有10分钟了,我仍然没有看到那沉重的机会。我站到了检票口,希望那里出现一个与我的"侧面积"大小相当的破绽。正在这时候,一个西方人从剧场里面急匆匆地走近了检票口。所有的人都看到了她手上高举着的一张入场券。所有的手都越过检票员的身体伸了过去。不知道为什么,那张入场券在混乱之中落到了我的掌心。进场之后，我追上了那个西方人，问她应该付多少钱。她的示意让我有点难以承受。她示意说不要钱。

我被这张免费的入场券带到了剧场中的黄金地段。我的左侧隔着两个空位子的那边坐着的是丁玲女士（在剧场休息的时候，我凑过去与她交谈了几句。我告诉她，我是在人才辈出的长沙周南中学的校园里长大的。那是她的母校。我从书包里掏出一本介绍美国戏剧家的小书，请她在扉页上签了一个名。那是我到目前为止唯一索要过的名人签名）。而越过前面几乎没有人坐的两排，我看到了曹禺先生。即将开始的这台话剧的作者和导演亚瑟·米勒就坐在他的身旁。

《推销员之死》中展现的父子关系带给了我很大的震撼和很强的暗示。它引诱我立即去反省"父亲"这种颇有争议的社会角色。作为"儿子"，我很快就能够辨析父亲对我的积极与消极的影响。我又将这种反省一直带到了21世纪。作为"父亲"，我仍然不知道怎样去界定自己对儿子的有益和有害的熏染。

米勒在他的自传里收进了一张那天晚上的剧照。照片下面的说明称主演英若诚是出色的"威利"。这是中肯的评价。

而收在自传里的照片中，只有一组没有关于场景和人物的说明。这一反常非常正常,因为那是有他的第二任妻子在场的照片。她经典的笑容足以令任何客观的说明变成“蛇足”。米勒只是主观地将那一组照片命名为“最好的时代”。

那“最好的时代”中有许多有趣的细节。比如,梦露对诗歌的喜好。米勒耐心地观察着她在读卡明斯的诗作时表情的逐渐演变。他不知道她怎么可以读得懂那样费解的作品。她对诗歌中一个惊人的转折的惊叹令他折服,更令他风趣地“意识到”了继续呆在诗人的活动范围之内的“风险”。

自传中有许多关于梦露的说法值得引用下来。比如米勒说,梦露既是一个无所不有的“女王”,又是一个一无所有的“孤儿”。她好像可以到“任何地方”去,而实际上却没有“任何地方”可以去。他又说,她显然是一个“缺乏常识”的人(因为她甚至对那些要毁灭她的人都没有疑心),但是,她却有一种“更高尚的”意识:她知道所有人都有需要而且所有人都带着伤痕。

梦露在米勒自传里的最后一次出现就像是自由女神的再现。当尼日利亚一位持不同政见的作家面临处决的危险时,米勒托一个英国商人给尼日利亚军队的最高统帅带去了他的呼吁。看到他的名字,那位将军不太相信地询问信使,写信的人是不是就是那位曾经与梦露结过婚的作家。对这个问题的肯定回答给那位已经站在坟墓旁边的尼日利亚作家带来了自由。

“如果玛莉莲知道了这件事，她会有多么高兴。”米勒在自传快结束的地方这样写道。

十二月党人的妻子

说出过“革命是历史的火车头”这种豪言壮语的伟大导师曾经将俄国革命的历程分为三个阶段：贵族革命阶段，平民知识分子革命阶段以及无产阶级革命阶段。

十二月党人的活动就是第一阶段革命的主要内容。那些深受西方思想影响的沙皇近卫军的年轻军官们鄙视自己的贵族出生和特权，在俄国历史上第一次提出了反对封建农奴制的口号。

在十二月党人最初的秘密团体“救国协会”中就已经云集了一大批军队中的“精英”。如后来被判绞刑的佩斯捷利以及被判流放的特鲁别茨科伊和尼·穆拉维约夫。尼·穆拉维约夫的父亲曾任“太师”,在他的学生亚历山大一世登极之后,又做过副教育大臣。尼·穆拉维约夫本人知识渊博,精通五种欧洲语言并掌握拉丁语和希腊语。他是十二月党人中的激进派,曾起草一部比佩斯捷利的《俄罗斯法典》更激进的“宪法”。他还有许多轶事。比如十七岁那年,他因为抗拒母亲不让他上前线的管制,带上一张地形图和一份拿破仑军队中将军的名单,离家出走,但他在莫斯科近郊被农民当作法国间谍抓住,因为他为了一小块面包和一小杯牛奶竟付给人一个金币。普希金在《叶甫根尼·奥涅金》中称他为“惹是生非的尼基塔”。

1825 年 12 月 14 日,十二月党人领导的枢密院广场武装起义失败之后,有 579 人被捕受审。当时,尼古拉一世亲自担任审讯员,在爱尔米达日宫内审问被捕的人。审讯结果,5 人被判分尸刑(后改为绞刑),121 人被判流放到西伯利亚去服苦役。为此尼古拉一世专门颁布了“善后”的谕令,允许十二月党人的那些同样是出身高贵的妻子们改嫁。

但是根据前苏联历史学家涅奇金娜的记载:“发配西伯利亚是从 1826 年 7 月开始的,‘罪犯’大多数坐板车,带着镣铐,由信使陪同。开始时,主要在涅尔琴斯克矿上做苦工。许多十二月党人的妻子也来到这里。她们没有利用尼古拉一世允许改嫁的谕令。为了自己的丈夫,她们甘愿抛弃悠闲自在的、富裕的贵族生活。”她还特别提到尼·穆拉维约夫的妻子穆拉维约娃曾经冒着巨大的风险将普希金那首著名的《致西伯利亚的十二月党人》带给了流放地绝望的十二月党人,令他们为之振奋。

涅克拉索夫在为死于西伯利亚的特鲁别茨科娃等写下的长诗《俄罗斯妇女》中歌颂那种背井离乡,“甘愿到千里冰封的荒原上蒙受凄苦”的伟大精神。作为十二月党人妻子的那些“贵妇人”固执地陪伴着自己的丈夫度过了几十年艰苦辛酸的流放生活,不少人最终就死在了西伯利亚的严寒之中。她们给十二月党人提供了超出人力可以想象的精神和物质的支持。

在她们陪同流放二十五年之后的1850年,又有一批新的政治犯,彼得拉舍夫斯基小组成员,途经托博尔斯克。他们自己的流放地还在更加遥远的东方。那些“女十二月党人”说服羁押站站长让她们同新的一批政治犯见面。这些人经过谢苗诺夫校场戏剧性的生死幻灭,以及将近一个月的长途解押,精神已近崩溃。“女十二月党人”为他们准备了一顿午餐,送给他们一些物品,以及每人一本福音书。硬书皮上端还切开了一个小口,里面塞着一张十卢布的纸币。

“我们看到了这些伟大的女受难者，她们是自愿跟随自己的丈夫来到西伯利亚的。”几十年后，那批政治犯之中的一员，当时已经非常出名的陀思妥耶夫斯基还激动地回忆起那一次见面，他写道：“她们没有任何罪过，在二十五年漫长的岁月里，她们和她们判刑的丈夫患难与共，备尝艰辛。”陀思妥耶夫斯基终生都随身携带着那本标题用古斯拉夫文大写字母排印的福音书，那是他的精神支柱。他在临终的当天清早还打开过那本书，读了其中《马太福音》的第三章第二节。关于这一点，他的妻子陀思妥耶夫斯卡娅的《回忆录》的第十一篇有生动的记述。

一位十二月党人的妻子为新的政治犯们争取到了骑马而不是步行前往目的地的优惠。另一位十二月党人的妻子坚持将这批政治犯送过额尔齐斯河。她在远离托博尔斯克的荒原上，冒着零下三十度的严寒等待着他们的到来。终于，远处传来了铃声……不一会，陀思妥耶夫斯基和他的一个同案犯所乘的无座雪橇停了下来。他们从雪橇里跳出来，他们沉重的脚镣声在荒原里回响。这位十二月党人的妻子对还要赶路的苦役犯说，希望他们鼓起勇气，到了那边，自会有善良的人们照料他们。

那是陀思妥耶夫斯基在进入“死屋”之前所听到的最后的祝福。

与“主义”无关的凯恩斯

一半的枫叶还悬飘在树上，另一半枫叶却盖满了路面。这是皇家山深秋的美景：从上到下的五彩缤纷，从里到外的万籁俱静。我从这一年一度的美景中穿过，前往位于山那边的麦吉尔大学。那里一年一度（为期两天）的二手书市是这座城市里众多读书人的“狂欢节”。

像往年一样，我憧憬着克默德（Frank Kermode）和博吉斯（Anthony Burgess）等极少数作家的“脱”销书。以我的偏见，他们的论著是批评的巅峰、英语的极致。对它们投资，我会毫不犹豫。

今年的运气比往年还要差。我在文学和历史两个区域里翻找了将近两个小时,却没有找到一本“求之不得”的作品。我仍然“满载而归”,但“满载而归”的都是“意外的收获”。事实上,在回家的途中,我对其中的一半到底是不是“收获”还没有十足的把握。这让我已经因“满载”而沉重的步伐变得更加沉重。我没有心情去挑逗那些目中无人的松鼠,也没有心情去理会鞋底与落叶之间绚丽的纠缠。

最没有把握的是在付款前的一刹那“意外地收获”的那本自传。我“收获”它多半是因为作者如雷贯耳的姓氏。但作者的名字是“杰弗里”(Geoffrey)而不是“梅纳德”(Maynard),这在多大程度上会降低那姓氏轰鸣的强度?我的这一“收获”因此而带上了悬念。

一个中学文化程度的读者就可能听说过“凯恩斯主义”。这种鼓励“国家干预”的宏观经济理论是30年代的猛药。它大显神通,救资本主义制度于“滞涨”的绝境,于崩溃的边缘。我们的革命导师曾经断言,资本主义用残酷的剥削为自己培养了无数的“掘墓人”。而历史的反讽是,与此同时,资本主义也没有忘记用精致的教育为自己训练出一个称职的救生员。这个救生员的名字就是梅纳德·凯恩斯。

在这本题为《记忆之门》(*The Gates of Memory*)的自传中，杰弗里只是零星地提到了众所周知的梅纳德。他提到梅纳德是他婚礼上的男傧相。他也提到了梅纳德以前对他极为冷淡，但是从1925年起，他突然变成了一个“和蔼可亲的”兄长。那一年，世界上顶级的经济学家将俄罗斯顶级的芭蕾舞演员从舞台上的“睡美人”变成了世俗生活中的“凯恩斯夫人”。他的美感招来了伦敦知识界众多朋友的非议，却引起了对芭蕾舞素有研究的弟弟的共鸣。从此，杰弗里成了梅纳德家的常客，而那里的另一位常客是奥地利首富之子，很快就会成为20世纪哲学至尊的维特根斯坦……杰弗里提到了这些传奇式的家常，但是，他只能将它们一笔带过，因为他必须留出足够的篇幅来叙述他自己的传奇。

他比梅纳德晚4年出世，晚36年离世，从19世纪的80年代(1887年)一直活到了20世纪的80年代(1982年)。《记忆之门》在他离世的前一年出版，正好将他传奇的一生“定论”于“盖棺”之前。

他在剑桥学医，却同时做学生文学刊物的编辑。他曾经与两位同学一起用一张贺年片邀请来了当时英语文学中的头号巨匠亨利·詹姆斯，轰动了古老的校园。他以军医的身份参与了两次世界大战。他的一战生涯仅仅因回伦敦结婚而中断过几天，几乎“全勤”（他从一而终的妻子是达尔文的孙女）。二战前夕，他已经因为输血设备的发明和对乳腺癌的诊治而名扬天下。战争开始后，他重返沙场，加入皇家空军。他的军衔一路飞升，最后位至“代理空军副元帅”。

医学只是杰弗里的一项成就。他的另一项成就是文学。他是英国最著名的藏书家和文学史专家之一。他尤其是最重要的“布莱克”学者。是通过他锲而不舍的“发现”，被人遗忘的伟大诗人布莱克才终于回到了英语文学的中心。他自传的题目也借用的是布莱克诗句中的隐喻。

《记忆之门》用专门的篇章来谈论传主生活中的詹姆斯、达尔文和布莱克。那三个响亮的名字凸显在那三章的标题中。而题为“住院外科医生”的一章看起来应该专注于自己，却还是不可避免地牵动了一段令人感叹万千的历史。

1913 年 10 月住院外科医生杰弗里搬进了伦敦市中心布鲁姆斯伯里的一幢房子。同时租住那幢房子的还有另外三位年轻人。一天晚上，其中唯一的女房客被发现服用了大量的安眠药，已经在房间里失去了知觉。那是她一生中的第一次自杀企图。房客们惊慌失措之时，杰弗里正好从医院下班回来。他当机立断，坚持马上将病人送往医院洗胃治疗。他与病人新婚不久的丈夫一起将病人抬上了出租车。他们一路上大声喊叫，让其他车辆和行人为他们的车让路。赶到医院后，杰弗里立即与病人的私人医生一起用当时最好的设备为病人洗胃。他们跪在病床边一直工作到了凌晨，成功地挽救了病人的生命。

28 年之后，弗吉尼亚・伍尔芙终于自杀成功。但是，如果不是第一次自杀的失败，她最后的"成功"不可能对世界造成如此巨大的影响，因为在杰弗里为她洗胃的时候，这位将要因小说而永垂不朽的天才还没有出版过一部小说。如果不是杰弗里那天晚上果断和成功的救治，改变人类思想进程的现代派文学就会缺损半边天空，而震撼现代社会的女权主义也将失去最重要的精神支柱……

我无意中推开了这"记忆之门"。我走进这"惊人地有趣的一生"(杰弗里对自己一生的总结)。我随意捡起一些记忆的碎片，就像从山路上捡起几片色彩斑斓的落叶。我松开手，看着这些碎片飘动起来，飘进我自己的记忆，飘进我自己的世界。

暴躁的孩子

这本被称为“世界上最著名的等式的传记”的书就以那个“世界上最著名的等式”为书名。它从一位父亲写给莱比锡大学一位教授的“求职信”开始。在这封口气卑微的信中，父亲告诉“尊敬的教授”说自己 22 岁的儿子正因为找不到工作而极度沮丧。他说那个年轻人肯定自己已经没有前途，终生只可能成为家庭的负担。绝望的父亲请求教授给自己的儿子写几句鼓励的话，让他恢复对生活的信心。“另外”，如果可能的话，还为他安排一个助教的工作。绝望的父亲在信的最后告诉教授，自己的儿子并不知道他写了这封信。言下之意当然是希望教授在回信中不要让那个已经灰心丧气的年轻人再感觉难堪。这是多余的担心，因为这焦虑的父亲和他沮丧的儿子都将不会收到教授的回信。

像一部普通的传记一样，作者首先写到了“传主”的出生。它出生于1905年。它的出生属于单(男)性生殖，因为它没有生母，只有生父。它孕育在“父亲”的大脑中，它出生于“父亲”的笔尖下。它的父亲就是前面提到的那封信中的那个已经走投无路的儿子。

像一部普通的传记一样，作者也写到了“传主”的祖先。这是传记第二部分的内容。“传主”的社会关系看上去极为复杂，因为它的祖先来自不同的欧洲国家。作者按照“等式”中的符号从左到右的次序讨论“传主”的祖先。他首先谈到了“E”(代表能量)的最显赫的祖先英国人法拉第。他然后谈到了“=”的来历。接下来，他在关于“m”(代表质量)的一节里讲述了法国人拉瓦锡的故事。然后，他讨论从意大利人伽利略到英国人麦克斯韦尔对“c”(代表光速)的认识。最后，在关于光速的“平方”一节里，作者出其不意地讲起了世界公民伏尔泰著名的爱情故事。“什么是能量”这样一个纯科学的问题为激情的思想家和他睿智的“偶像”之间将要流芳百世的爱情提供了能量。

像一部普通的传记一样，作者也写到了“传主”的早年。它的父亲已经越来越清楚地看到了自己的前途。同时，他也越来越不能忍受家庭的生活和责任了。他辞去了他在专利局的工作，他离开了他的妻子和孩子。他不满足能够将“传主”容纳在其中的狭义相对论。他已经怀上了另外一个孩子。从刚怀上这个孩子的时候开始，他就大概知道这一次的预产期将不是在10个月之后，而是在10年之后。他要用充分的自由去为孕育提供营养。正是在这个时候，物理学的视线被引向原子的内部。被打开的原子将“传主”带往力大无比的壮年。

传记的第四部分讲述“传主”成年期的故事。它的最后一节以“清晨8点16分，日本上空”为题。作者写道：当那巨大的蘑菇云升空的时候，“世界上最著名的等式”就完成了它在世界上的第一份工作。那是一份极有争议的工作：在有些人看来，那是它的业绩；在有些人看来，那是它的劣迹。没有人知道那是不是它自己想要完成的工作。但那肯定不是它的“生父”想要它完成的工作。可是，这孩子已经长大成人了，已经不会再听从父亲的引导和规劝了。

传记用最后一部分讲述“传主”在地球之外的作为。我已经没有心思再读下去了。我想起了它灰心丧气的父亲绝望的预言：他说他不知道人类在第三次世界大战中使用什么武器，但是他知道，人类在第四次世界大战中使用的武器是最原始的“石头”。

神秘的果实

爱因斯坦在离婚的时候给他的妻子开出了一张只有他敢于开出的“空头支票”。他许诺他会将他“将会”得到的诺贝尔奖的奖金全部转移给她。可是在随后的两年里，他继续遭到诺贝尔奖评委会的拒绝(他在1910年到1921年之间一共被拒绝过8次)。根据斯文·赫定的证实，爱因斯坦遭拒绝的原因是大多数评委接受了专家的误导，对相对论持怀疑态度。

1921年，仍然对相对论持怀疑态度的诺贝尔奖评委会找到了一个聪明的办法，使离婚两年多的爱因斯坦终于可以兑现离婚协议中的承诺。委员会将他获奖的成果指定为“光电效应”

理论(他因为这个理论而被认定为是他后来强烈反对的量子理论之父)。爱因斯坦在第二年的领奖仪式上戏弄了一下他的"主人":他的获奖演说中没有提到他的获奖成果,而只是提到了他永远与诺贝尔奖无缘的相对论。

关于爱因斯坦的作品不计其数,加来道雄(Michiokaku)的《爱因斯坦的宇宙》(*Einstein's Cosmos*)是我最近读到的一本。这部用精深的专业素养,精致的历史眼光和精细的写作技巧写成的精彩的英文作品给我带来精美的享受。作者将"爱因斯坦的宇宙"按照时间的顺序分解成"三幅图像"。作品的三个部分依次讨论这三幅宇宙的图像。

第一幅图像建立在那个喜欢康德,擅长小提琴并且成绩平平的 16 岁的孩子的一个理想的问题之上:如果我们能够追上光线,世界会变成什么样子?这个问题的终点是狭义相对论。第二幅图像建立在那个坐在专利局的椅子上思考着宇宙奥秘的小职员突然出现的一个简单的想法之上:一个自由落体的人不会感觉到自己的重量。这个简单的想法将他带进了关于引力的经典思考。这思考的结果是广义相对论。第三幅图像是一幅"未完成的"图像。它建立在那个身材矮小的科学巨人的野心之上:他试图用一个"统一场论"将所有的物理理论统一起来。是什么妨碍了这“统一”大业的成功？（或者这“统一”大业可不可能成功?）加来道雄不赞同“爱因斯坦在1925年之后就应该去钓鱼，而不是继续做研究”的说法。他认为他最后的三十年对物理学的发展仍然有积极的意义，那幅未完成的图像将来有可能完成。

《爱因斯坦的宇宙》非常得体地将爱因斯坦的生活和言论编织在他勾画的宇宙图像之中。也就是说，这部作品中还存在着一个另外的宇宙：一个有始有终的“生命的”宇宙。在这个从我的少年时代起就深深地吸引着我的宇宙之中，作者不仅让我重逢了一些令我刮目相看的“故友”（比如爱因斯坦关于宗教和科学的亲密关系的言论），还让我幸会到许多相见恨晚的“新知”（比如被拆封不久的爱因斯坦的FBI档案）。

爱因斯坦的FBI档案长达1427页，篇幅超过他的任何一种传记。档案有意要将它的目标锁定为是“共产党的间谍”。稍晚一点的时候，我们也曾经尾随“老大哥”对相对论进行过猛烈的讨伐。在我们的语言里，相对论的伟大完成者一度退化成了“帝国主义的走狗”。

爱因斯坦曾经说：“没有宗教的科学是瘸子。”他不接受残疾的科学。他敬畏确立宇宙法则并且维持宇宙秩序的上帝。

他清楚地意识到“神秘是我们最深刻和最美丽的体验，是一切严肃的艺术和科学成就的源泉”。

他所发现的宇宙无疑是这种充满美感的神秘体验的果实，而他迷信艺术和科学的生命的宇宙正好为这神秘体验的根提供了富饶的大地。

在“两种文化”之间

关于C.P.斯诺在中国的“遭遇”，有三点可以肯定。第一，有很多中国读书人拥有或者读过他出名的学术论著《两种文化》；第二，不会有很多中国读书人拥有或者读过他同样出名的以《陌生人与弟兄们》为总标题的那十一种系列小说；第三，几乎没有中国读书人拥有或者读过他一点也不出名的关于现代物理学的通俗著作《物理学家们》。

斯诺创作的那一系列小说本身就是他从事文学创作的“合法性”的凭据。那么，他凭什么涉足现代物理学呢？他凭借的是他的专业。他是专业的物理学家，25岁时已经被聘为剑桥大学的研究员。斯诺在35岁发表第一部小说的同时进入政界，最后成为英国管理技术的高官。他在文化上“两栖”的特性和经历无疑是他能够同时为“两种文化”指点迷津的资本。

斯诺称他的《物理学家们》基本上是“凭记忆写成”的。这位毕生脚踏文理两只船的完整的“文化人”有最惊人的记忆。他所谈论的一代“改变了世界”的物理学家大多是他的朋友。他的直接经验给“客观”的历史注入了意想不到的活力。但是，这种受“直接经验”恩惠的写作不会比“虚构”来得容易。斯诺像一个迂腐的法官，试图在至高无上的因果律和“掷色子的上帝”之间主持公道。他又像一个周到的家长，既要维持老大的脸面，又要肯定老二的才干，还不能低估了老三的前程。从维多利亚盛世继承过来的机敏而大度的文风和儒雅又练达的视角使他能够得心应手，引导读者在是非的迷雾中发现物理学的黄金时代。

斯诺说理的方式很科学。在“乌云密布”一节里，谈到海森堡的“测不准原理”，他首先指出原理声称不可能同时精确地测出一个粒子的位置和速度。他接着以“如果这样”开始下一个句子，以“也就是说”开始再下一个句子。推进的节奏敏捷，推进的线路清晰。紧接着，他一语道破天机：“用经典物理学的语言说，同样的原因产生了不同的结果。因果律被打破。”

斯诺叙事的方式很文学。在“沉静的丹麦人”一节里，玻尔被描绘得很生动。身为那个时代最深刻的思想家之一，玻尔的谈吐却语无伦次，不得要领。更糟糕的是，他的声音极为低沉，几乎“不堪入耳”。即使在后来名声如日中天的50年里，他也没有调大过他的音量。而在说话与写作之间，玻尔却更偏爱说话，因为面对白纸，他更加没有头绪。“不久，这个还很年轻的丹麦人变成了原子理论之父。”从世界各地来哥本哈根朝圣的理论物理学家们称玻尔用“苏格拉底（问答）似的”方法与他们交流。斯诺写道：“这里主要的相似之处是苏格拉底没有写下任何东西，而玻尔的写作也少得出奇。”

书中更有不少很文学的说理和很科学的叙事。比如称赞费米是罕见的实验和理论双料的物理学家，斯诺说，“如果”费米早生30年，很可能是他发现卢瑟福发现的原子核同时提出玻尔提出的原子理论。他写道：“如果这是一种夸张的说法，那么关于费米的所有说法就都是夸张的。”

直到收在附录中的《科学在道德上的“不中立”》一文，斯诺的文风才变得锋芒毕露。这篇讲演稿为冷战中期埋头苦战的科学家们敲响了警钟。在斯诺看来，“服从”不是科学的道德基础。科学家必须提问。“质疑”才是科学的道德基础。

“秘密书架”

我为《南方周末》“秘密书架”专栏推荐了五种书籍:《西方哲学史》,罗素著;《物理学的进化》,爱因斯坦、英费尔德著;《百年孤独》,马尔克斯著;《看不见的城市》,卡尔维诺著;《毛泽东诗词选》,毛泽东著,人民文学出版社,1986 年;《少于一》,布罗茨基著。理由如下:

在“笛卡儿”一章的第一段,罗素称赞这位现代哲学先驱“清晰流畅”的写作风格和“出类拔萃”的文学感觉。他认为有这样的先驱是现代哲学的“幸运”。《西方哲学史》将先驱的文风和美感发扬光大,这是哲学史的幸运。

作为哲学史，这本书当然会有许多值得“商榷”的地方：比如诗人拜伦能不能算作哲学家？或者值不值得单独列出一章来讨论？又比如对詹姆斯的分析是不是太简略？对柏格森的评价是不是太草率？对马克思的批评是不是太苛刻？……

但是，这不是一本传播“知识”的书，这是发表“见解”的书。它精彩的地方不是其中所包含的“真理”，而是其中洋溢着的“偏见”。读到拍案叫绝的时候，我会这样想，以“真理”服人其实只是学者的小技，以“偏见”迷人才是哲人的绝活。

除了富含迷人的“偏见”之外，《西方哲学史》还以它的“文体”赏心悦目。它是写得最漂亮的哲学史。它的漂亮足以让它跻身于英语散文的尖端，也足以将逻辑学家带进文学奖(1950年)的圣殿。给这位逻辑学家文学奖应该并没有玷污“诺贝尔”的名声。

罗素的史笔以朴实的用词和精致的逻辑为特征。他将英语中那些最基本的逻辑操作(尤其是对照和比较)用到了极点。可以说，这整部哲学史就是在琳琅满目又玲珑剔透的对照和比较中完成的。这种对比确保了文体的清晰流畅，将语言的美和哲学的美同时呈现给了读者。

我每次翻读这本书都会有新的发现，这是这本书的一大魅力。而那些曾经令我着迷的段落总是能够继续令我着迷（比如“斯宾诺莎”一章的第一段，比如“拜伦”一章的前三段），这是这本书的另一大魅力。

罗素曾经宣称自己不会为信仰而献身，因为他的信仰“有可能出错”。他用如此简单的逻辑解构了历史上形形色色的“烈士”。

爱因斯坦与罗素是许多方面的同志。但是，在自己的领域里，他不遗余力地构造统一场论，旗帜鲜明地反对量子理论，至死不相信自己“有可能出错”。他和英费尔德合著的《物理学的进化》从伽利略开始一直进化到他“出错”的地方。他在最后一章总结量子理论的时候，忍不住还是对物理学的一条正确路线表示了自己的怀疑。

这本关于物理学进化的书最后险些犯了严重的“路线错误”。它关于整个理论物理学的看法有明显的历史局限性，需要一本题为比如说《时间简史》的书来升级。但是，作为现代科普作品的鼻祖，《物理学的进化》仍然好看，仍然值得看，因为它画出了以相对论为顶峰的那一段物理学最清晰的进化轨迹。

“清晰流畅”同样是这本书的风格。而这本书的另一个特点是没有借用任何“公式”，除少量图示之外，所有的观点都用深入浅出的语言来陈述。“普”科学“及”大众是大科学家的功德，正如“还政于民”是大政治家的善举。

两位犹太科学家的这本普及科学的书初版于1938年，正值他们民族大浩劫之际。而它的修订本（其实只有少数几处修改在序言中单列出来）出版于1966年，正逢我们民族大浩劫之始。书籍的历史与生活的历史之间经常会有那么多具有讽刺意味的碰撞。

这是我最早（少年时代）读过的科普作品（我当时读的是1962年出版的中译本）。它激起了我对这种体裁持续的热爱。我固执地认为，不管从事的是什么专业，我们都应该在个人书架上为科普作品腾出一个角落。读科普作品会让我们认识到人在宇宙中的“卑微”地位。这是精神生活中最重要的一步。

《百年孤独》包含了我们每个人一生（大多不到一百年）的孤独。它是我的书架上的“至圣”。整部作品从时间（“许多年之后”）开始，任爱情、死亡、空虚和欲望在一百年的长河中翻来覆去。而这“魔幻”的翻覆又总是带给读者“现实”的冲击。

马贡多的首领总是让我想起现实世界里大大小小的“救星”。帕斯在《诗歌、神话和革命》一文中指出：专制者通常首先是以解放者的面目出现的。马贡多的历史提示我们，孤独在

“解放”和“专制”的过程中都扮演着重要的角色。

马贡多在孤独中诞生，在孤独中兴盛，又在孤独中消亡。孤独是推动历史前进的重要动力，也是导致历史倒退的重要原因。而孤独一旦与权力结合，它对人类生活的破坏性就将变得难以遏制。

《百年孤独》又是形式和内容完美结合的典范。它对生活的洞见使它成为历史的缩影，而它精致的叙述结构又为纯技术的文本分析敞开了大门。小说的第一章是这种分析的范本，值得反复细读。我在短文《“圣经”的第一自然段》和《惊心动魄的入口》尝试过这种文本分析。

如果《百年孤独》是从时间上来容纳人类历史的努力，《看不见的城市》则是从空间上来囊括人类处境的壮举。在这部可能永远也读不透的作品里，马可·波罗向忽必烈描述了五十五座以女性的名字来命名的城市。忽必烈将信将疑。他不知道将他迷住的是“真实”的存在，他可以用铁骑征服的存在，还是这位威尼斯商人的“想象”，他永远也无法用强权和神威征服的想象。

与其说那是五十五座城市，不如说那是五十五个哲学和美学的“范畴”。这些范畴有“看得见”和“看不见”的两面，总是

“二律背反”。通过这种背反，想象变成了真实，真实变成了想象。这正好是历史带给我们的困惑。与《百年孤独》一样，《看不见的城市》也是一部人类社会的“通史”。

在索菲罗妮亚（第四座“脆弱”的城市），居民们只能靠不断的“革命”，靠“否定之否定”来消除无聊，延续历史。而在艾尔西丽亚（第四座“交易”的城市），“关系”的网络越来越复杂，最后完全阻碍了城市的生活，居民们不得不另起炉灶。而在阿德尔玛（第二座“死亡”的城市），马可·波罗看到的都是死者的身影。他有了如下的发现：“一个人在一生之中通常会到达这样的一个‘转折点’：从这一点开始，他认识的死者的数量超过了他认识的活人的数量。这时候，他的心灵肯定会拒绝接受更多的面孔，因为新的面孔总是带上了死者的面具。”

有条件的读者最好从 William Weaver 的英译本进入这座迷宫。同时，也不妨参阅我正在吴亮主编的《上海文化》杂志上连载的《与马可·波罗同行》（其中有几篇曾经在《读书》杂志刊出）。那五十五篇解读为穿越卡尔维诺的迷宫提供了一份有用的地图。

英语作家奈保尔曾经说，个人的“语言”和“传统”是写作的两大要素。读到这种说法，我马上会想，我自己的“语言”来自哪里？我自己的“传统”根于何处？在写作关于70年代的长篇随笔《一个年代的副本》（发表于《今天》杂志2010年秋季号）的过程中，我找到了这两个问题的答案：70年代给了我取之不尽的语言，而70年代又是我用之不竭的传统。

与这种特殊的语言和传统有关的“文本”却极为有限。其中，《毛主席诗词》无疑是最奇特的一种。我经常设想：如果“红太阳”不会作诗或者不好作诗，中国人70年代的精神生活会是什么样子？这种设想有点类似爱因斯坦倡导的“理想实验”。

对我来说，那些诗词不仅是启蒙教育的一部分（相当于眼下的《三字经》？），而且更重要地还是早年生活的路标。一句众所周知的诗词可能会与我70年代个人生活中鲜为人知的细节密切相联：比如一阵恐惧，一阵得意，一阵狂想或者一阵羞涩。它指向记忆中神秘莫测的捷径。

现在我们不仅可以用批判的眼光去看待那种语言和传统，而且还多半已经用形形色色的背叛“扬弃”了那种语言和传统。但是，我们的记忆仍然能够沿着那些特殊的路标迅速找到令我们迷惘的过去。这也许就是我们的历史局限性。

人民文学出版社80年代中期出版的《毛泽东诗词选》基本上抹去了“个人崇拜”的痕迹。书名本身多少也反映出了“时代的进步”。书中共收诗词五十首,每一首后面都附有比较详实的注释。这些注释不时能引发一些新的思考。比如在“踏遍青山人未老”一句下有作者自注,称写作这首《清平乐》的心情与写作前一首《菩萨蛮》(“赤橙黄绿青蓝紫”)的心情一样:“又是郁闷的。”这种对生存状况(对权力)的“郁闷”正好是《百年孤独》中的典型心境。

如果我们信奉古典主义,《少于一》就是用英语写出的最好的随笔集。而与布罗茨基类似的精神遭遇(以苏联的标准,他也是“生在新社会,长在红旗下”的一代)使我们成为这部作品的“理想读者”。比如他对政治术语(如“社会存在”、“社会意识”、“剩余价值”等等)的把玩,他对“集体生活”的解构,都逼近我们语言和传统的腹地,我们能够立刻心领神会。

这种精神遭遇根源于政治,也很容易滞留于政治。布罗茨基与他的前两位诺贝尔奖同胞一样,最早的身份也是“持不同政见者”。但是,他迅速跳出了政治的窠臼,占据了美学的制高点。这是他的过人之处。这位三十多岁才开始接触英语的诗人,在极短的时间内完成了“语言的变节”,最后成为英语世界最优秀的随笔作家,这本身就是一个美学的奇迹。站在美学的制高点,布罗茨基用古典主义气息浓厚的随笔对极权政治进行了最深刻的剖析。

随笔集中的“论独裁”和“一座被更名城市的指南”揭开了极权政治和专制者的全部隐秘。随笔集的第一篇(“少于一”)和最后一篇(“在一间半房子里”)让我们看到极权社会中个人生命的悲剧。而关于俄罗斯那三位最重要的现代诗人的随笔更是令人回肠寸断,感悟到极权政治对美学的恐惧和无情。

如果有更多的精力,我们这些“理想读者”当然还应该翻开《论忧伤和理智》,作者的第二本随笔集。

两次进入同一条河流

仅仅凭借那一张黄埔军校开学典礼上的照片或者那一张国民政府成立一周年纪念大会上的照片，他就确保了自己在历史中的位置。前一张照片摄于 1924 年 6 月。他紧挨着临时搭起的讲台。讲台上站立的是孙中山，宋庆龄，蒋介石和廖仲恺。后一张照片摄于 1926 年 7 月。他坐在前排正中央的位置上。别具一格的白色西装使他已经突出的位置更加突出。

然而，莫里斯·科恩（Morris Cohen）并不仅仅陶醉于历史的虚荣。很多年之后，穿过了那么多的过眼烟云，他仍然在觊觎着现实中的实惠。1954 年，他抛出了策划准备多年的传记

《双枪科恩》(*Two-Gun Cohen*)。当时已经67岁的传主在20世纪上半叶中国历史中的冒险吸引了无数的西方人。科恩一度成为西方媒体窥探那个神秘世界的针孔。

这个后来成为孙中山贴身保镖的犹太人13岁时因为小偷小摸在伦敦被捕,被送进了"少管所"。五年之后,他又与其他"少管所"的"同学"一起被遣送到加拿大。收容和放逐并不能移改科恩的秉性,他在加拿大中西部继续往日的营生。后来,他转业到赌博之中,并渐渐有了一点名声。他的仗义更为他赢得了当地中国社区的一些关系。他在第一次世界大战之中进入加拿大军队,曾经回到欧洲作战。

1922年,科恩从加拿大来到中国,以最快的方式走到了已成气候的孙中山的身边,成为"国父"的贴身保镖。对孙中山的效忠部分地改变了这个"浪子"的秉性,也彻底地改变了这个"浪子"的生活。

孙中山的早逝显然变成了科恩的"历史局限性"。那之后,他追随李济深,为桂系张罗外交,采办军火。蒋介石在第三次"国代会"期间对桂系的发难以及对他的新主人的拘捕又一次堵死了他腾达的径途。这以后,他利用与国民党高层的旧交,特别是与孙科的友谊,继续在中国南方扑朔迷离的政治里周旋。他投身到背叛了他“原来的新主人”的陈济棠的门下，被这更新的主人控制下的广东政府任命为“陆军准将”。这是科恩被历史给予的最响亮的虚名。尽管他的名下没有一兵一卒，这“将军”的头衔却进一步神秘了他的传奇，也给他以省港两地为基地的军火生意带来了许多的商机。

可是，日本人在香港的登陆粉碎了他获利的根本。当时的《泰晤士报》称，日本人对这位不懂中文的中国“将军”有特别的兴趣。不久，科恩还是与滞留在香港的其他西方人一起被送进了收容所。经过将近二十年在中国政治中的起落，他又回到了他“熟悉的”地方。往日“被收容”的经验令他能够在那恶劣的环境里再一次显露生存的才华。他幸存下来。1943 年，他作为战俘被交换回到了自己的世界里。他定居在蒙特利尔。他在那里开始了一生之中唯一的一次婚姻。

但是，科恩不可能安心于家庭生活。他需要旅行。他要回英国去探望亲戚，他要回中国去拜访朋友。他注定没有“自己的世界”。他不断的出发使他的妻子备受冷落，最后导致婚姻的夭折。他成为 50 年代少数几个能够进入中国大陆的西方人之一。他更是那个年代里唯一一个既能够在北京与毛泽东寒暄又能够在台北与蒋介石叙旧的人。他在西方的报纸上吹嘘或者暗示他对海峡两岸具有的“影响力”。他试图再一次扮演历史的角色。他同时又开始争取现实的回报。但是，西方人很快就不相信他了。中国人接着也不相信他了。最后，他自己也不相信他自己了。他已经不再是历史中横冲直撞的浪人，而只是国宴上受宠若惊的嘉宾。在1966年的一次国宴上，周恩来走到他的身边，拍了拍他的肩膀，用英语向他祝酒。周恩来叫他做“莫里斯”，称他为“老朋友”。科恩感动得流下了眼泪。

1954年出版的科恩的传记漏洞百出，错误成堆，被认为是一部“历史小说”。其中最大的错误莫过于他与孙中山的首次见面的时间。科恩后来被考证出是1922年在上海才第一次见到孙中山的。他当时一定有“相见恨晚”的痛感。这大概就是他在传记里要将他们见面的时间提早十一年的心理基础吧。事实上，1911年当正在北美深入广泛地发动群众的孙中山路过加拿大的时候，科恩因为“老毛病”重犯正被羁押在当地的监狱里。他显然“错过”了在那一年与孙中山的首次相见。他只能够用传记来弥补这历史的空缺。

发现这个细节的人是《时代》周刊的记者。他从小就对科恩的传奇充满了敬意。他的发现丝毫没有减损他对这传奇的兴趣和激情。1997年，他用同样的书名出版了最新的科恩传记。我读到的就是这一本。新的传记修正了前一种传记的错误，却继续了科恩的传奇。两种传记可以说是“异曲同工”。用这种方式，科恩成为了罕见的能够两次进入同一条河流的人物。

那个密苏里的孩子

那个密苏里的孩子一开始并不十分清楚这一历史场面的“用意”:1970 年 10 月 1 日在天安门城楼观看国庆游行的时候，他被从显要的座位上带到观礼台前沿正中央至尊的位置，与他的老朋友站在一起。他们著名的合影于圣诞节的那一天发表在《人民日报》的头版。这显然是向美国发出的信号。这个 32 年前将中国带到了美国的人又被“选中”，他的老朋友相信他有“可逆的”魅力，相信他还能够用“余热”将美国带到中国。

这个信号在美国人眼里却并不如想象的那么重要。应该最早做出反应的基辛格很多年以后才用自嘲的口气谈论起它。

他说:“中国人过高地估计了我们的敏锐。我们粗糙的心智忽略了这个暗示。”

这个密苏里的孩子有点惊讶他的老朋友谈起他一年前寄给他的信。他写信的目的是想有机会旁观中共“九大”的开幕式。他错过了那一次机会。但是他没有错过那次会议的报告中出现的“和平共处”这几个字。他有足够的“敏锐”抓住这伸向“不同社会制度国家”的橄榄枝。他在评论中预言“中国的大门可能会要打开一条缝”。

这个密苏里的孩子同样有点吃惊他的老朋友对他们上次见面后他发表的那些文章的反应。他在文章中批评了“个人崇拜”。而他的老朋友的反应是:“你有权保留自己的观点。独立的见解很重要。”

上次见面发生在1965年1月。当时,这个密苏里的孩子注意到1936年他在延安窑洞前为他的老朋友拍下的那张浪漫的标准像竟有了10米高的版本。当他探问对“个人崇拜”的看法时,他的老朋友顽皮的应答是:赫鲁晓夫之所以下台,就是因为他没有搞个人崇拜。

那次见面最令他吃惊的是他的老朋友告诉他他们的谈话将被录音。他相信这是自1949年以来,他的老朋友第一次为了在国内的发表而与外国记者谈话。他很敏感他的老朋友关于内政和身体状况的“牢骚”。他不知道他究竟是想让谁听到那些“牢骚”。但是隐隐约约，这个密苏里的孩子已经有了“风满楼”的感觉。

在想让外国人听到的那一部分内容里，他的老朋友保证中国不会向越南出兵。这一次，中国人没有充分估计美国人的“迟钝”。约翰逊忽略了这息事宁人的“告示”。越战的升级最终导致这个受命于“危难之际”的总统要用拒绝本党连任提名的著名电视讲话拉开美国历史上著名的1968年的帷幕。

在印第安纳大学出版社1988年版的《斯诺传》的第267页，作者称斯诺是“文革”开始前“最后”离开而“文革”开始后“最早”回到中国的美国记者。传记中有许多有趣的细节，比如当年在美国只有共产党的书店拒绝出售《西行漫记》。共产党机关报称斯诺是“流言和谣传的零售商”。

中美之间的亲热举动令“最早”回来的斯诺又成为媒体上的热点。可是，这热量并不能够逆转他生命的冷却。他知道他不可能再去跟踪随后的外交壮举。当他妻子询问是不是要回复尼克松祝他早日康复的信件时，他说：“不必费心了。”

他在瑞士的家离北京和华盛顿的距离几乎相等。而依据

1973 年偶然发现的“遗嘱”，他的骨灰最后被“一分为二”，一部分埋在未名湖畔，一部分埋在哈德逊河边。

这个密苏里的孩子死于 1972 年的农历大年初一。两天之后，“空军一号”开始了它的第一次中国之行。

“最后”的日记

像《玻利维亚日记》(*The Bolivian Diary*)中的许多日记一样，这一篇日记也以日记写作时的海拔高度来结束：“海拔高度＝2000米”是这一篇日记的最后一行。这似乎是一个平静的结束，一个常规的结束，一个来日方长的结束，一个还没有结束的结束。但是，这事实上是一个真正的结束，因为这一篇日记的最后一行也是整个“玻利维亚日记”的最后一行。这“2000米”是格瓦拉最后一次测到并且记下的自己在地球上的“海拔高度”。

“玻利维亚日记”的最后一行也成为了格瓦拉勤于记述的

一生留下的最后一行。他自己在第二天的中午就应该意识到了这一点。而当他意识到这一点的时候,他与那永远不会结束的黑暗只相隔一个夜晚了。那应该是一个怎样的夜晚?117天以前,格瓦拉在6月14日的日记中这样写道:“今天我39岁了。我不可避免地接近了需要认真考虑自己作为游击队员的前途的年纪。”但是毫无疑问,直到写下一生中最后一行文字的时候,直到他的前途即将被黑暗吞没的时候,这个从国际舞台的中心走向丛林深处的游击队员也没有来得及去“认真考虑”自己的前途。

《玻利维亚日记》中的最后一篇日记同样以极为平静的语气开始:“我们这支游击武装创建11个月的纪念日在一种田园似的(bucolic)情绪中过去,没有复杂的情况发生……”在这句话里,关于“情绪”的形容词也许是体会格瓦拉在游击生涯的最后阶段的复杂情绪的关键。但是,这个字本身很难体会。我含混的翻译似乎掩盖了也许的确在格瓦拉的情绪中出没过的那一点点沮丧。格瓦拉也许的确有一点点沮丧,尽管他显然并不知道他正在写下是他一生中的最后一篇日记。这才是1967年的10月7日啊。他离他的40岁生日还有247天啊。

他在第二天被捕。他在被捕后的第二天被枪决,并被秘密埋葬。俘获了他的玻利维亚军人只能恐惧地将他从肉体上迅速消灭。他们不可能具备将他的生命保留更长时间或者将他的下落公之于世的勇气。他的死亡煽动起的国际级的愤怒验证了他潜在的威力,展现了他无穷的魅力。1968 年震撼世界各个角落的形形色色的左派运动和红色暴动也许可以统称为是这种愤怒的余震。“他是我们这个时代最完美的人。”萨特在第一时间这样演绎。他是“20 世纪最著名的偶像”之一,《时代》周刊在三十多年后这样归纳。

《玻利维亚日记》从格瓦拉进入玻利维亚中部山区的第一天(即 1966 年 11 月 7 日)开始,记录了格瓦拉一生之中最后一段游击队员生涯的全过程。塞在背包里的日记本与身负重伤的格瓦拉一起被捕。这特殊的经历使他的敌人有幸成为这部日记的第一批读者。这第一批读者的特权使他们读到了日记的“足本”,尽管受过严格医学训练的格瓦拉的手迹“职业性地”极难辨认。这第一批读者的另一个特权自然是他们可以让其他读者读不到这部日记或者读到的只是这部日记的“节本”。

没有人知道日记的复印件是怎样被偷运出玻利维亚,回到它的“祖国的怀抱”的。它的第一个“权威版本”于 1968 年在古巴出版。它的英文,法文,德文及意大利文版本也几乎同时在西方世界出版。这个“权威版本”只是一个“节本”，因为其中有在 1967 年 1 月到 7 月之间的 13 篇日记的缺省。当时的玻利维亚政府显然对这 13 篇日记施行了特别的保安措施。

现在摊开在我眼前的是《玻利维亚日记》的第二个“权威版本”。这个出版于 2006 年的版本补足了上一个版本的缺省，成为货真价实的“新权威”。这个版本的编者保留了卡斯特罗为第一个“权威版本”写的长达 23 个页面的前言。这个题为《必要的前言》的前言对新的版本显然也同样地“必要”。它不仅是对日记的一个导读，也是对日记作者生平的一个导读。

卡斯特罗在前言快结束的地方将读者带到了格瓦拉写下最后一篇日记之后的第二天下午一点钟。他很冲动地想象着格瓦拉一生之中的最后那一次战斗以及格瓦拉生命之中最后的那 24 个小时。这种想象让我也有了一种无法遏制的冲动：我渴望读到格瓦拉事业以及生命的最后一天的日记。

最后一天的日记(外一篇)

在我看来,这"新权威"的《玻利维亚日记》仍然是一个"节本",因为它没有包括格瓦拉在玻利维亚从事游击战的最后一天(10 月 8 日)以及接踵而至的他生命的最后一天(10 月 9 日)的日记。

如果让"我们这个时代最完美的人"写下他事业的最后一天的经历以及他生命的最后一天的感受,他会写下什么?递给他一支笔,递给他那个饱经孤独和硝烟的日记本,让这个即将风靡世界的人在玻利维亚中部山区的那所破烂不堪的学校的教室里坐下来,他会写下什么?他没有必要写下他对他的第一批读者的蔑视或者仇恨，因为他们只是他的敌人，或者他们根本就不配做他的敌人；他也没有必要再一次记下他的海拔高度，因为几个小时之后消灭他的肉体的枪声会将他的名声推上他的肉体从来没有到达过的高度。如果他还有最后一次举枪的机会，他的下一个动作不是很难想象。可是如果他还有最后一次握笔的机会，这个即将成为“20 世纪最著名的偶像”之一的游击队员会写下什么呢？

在他已经写下的文字里，最让人揪心的也许是他对世俗生活最单纯的眷恋。这种眷恋出现在好几篇日记的第一句话之中。这个在丛林里为“星星之火”殚精竭虑的革命家对“日子”或者说对时间的流逝仍然保留着世俗的感觉。他在那几篇日记的开始想到了他的亲人。2 月 11 日的日记以“老头子的生日:67”开始，他想到了他的父亲；2 月 15 日的日记以“希尔迪达的生日:11”开始，他想到了他的长女；2 月 18 日的日记以“约瑟菲娜的生日:33”开始，他想起了他的妻子；2 月 24 日的日记以“恩内斯迪柯的生日:2”开始，他想起了他的幼子；5 月 18 日的日记以“罗伯特和胡安·马丁”开始，他想起了他的两个兄弟；6 月 14 日的日记以“西丽塔:4?”开始，他想起了他的幼女，尽管他已经不太肯定她的确切年龄。6 月 21 日的日记以“老太太”开始,他想起了他的母亲。

但是,他只是记下了他对“事实”的记忆,却没有记下任何关于这种记忆或者对于那些事实的感叹。这个多次在丛林中迷失方向的人却从来没有在日记中走失过一次。他从来没有在日记中给“过去”腾出过任何的空间:一个段落,一个句子或者哪怕是一个词语。他没有一次回过头去光顾他作为革命者的历史功绩,作为政治家的国际影响以及作为国家领导人的特权和待遇。除了在那少数特定的日子让他的家庭成员一闪而过之外,他似乎是忘记了那个他辉煌地获得并且拥有的世界。他关心的只是“猪油是我们剩下的唯一食物了”(5月9日)以及“哮喘猛烈地袭击我,而少得可怜的镇静剂已经用完了”(7月27日)等等紧迫的事件。他全心全意地生活在“现在”,他完全彻底地生活在“现在”。这也许就是“最完美”的意思,因为这迫在眉睫的“现在”既是他正在面对的最残酷的现实,又是他一直追求的最崇高的理想。

“新权威”的《玻利维亚日记》在卡斯特罗的前言的前面安排了一篇写得非常漂亮的序言。这篇完成于2005年的序言一开始就将时间设定在1967年,将地点设定在玻利维亚中部的山区。这篇序言完全是一篇“叙述”作品。“全知的”叙述者选用

“现在时”来叙述过去的事件显然是一种大手笔。在一段扣人心弦的开场白之后，叙述进入“情节”。这叙述的情节由两部分构成。这两部分分别用“10月8日”及“10月9日”标志出来。第三次进入这篇由格瓦拉的儿子写成的序言的时候，我突然意识到它正好是为我那种无法遏制的冲动准备的猎物。我欣赏这篇序言的十分精致的意图。

经过将近40年的缺省，格瓦拉事业以及生命的最后一天的日记终于被补上了。格瓦拉以第三人称的身份非常细节地出现在他的这两个命中注定的日子里。他很镇静，他很坚定。在这最后的日子，他仍然不可能想到他事业以及生命的失败，就像他不可能想到他自已随后在商业上离奇地成功一样。在这最后的日子，他不可能想到他镇静和坚定的表情将会泛滥成为国际市场上经久不衰的著名产品以及它们假冒伪劣的复制品。

“专门利人”的孤独

1939年3月4日清晨6点，在连续工作了11个小时，完成了19个手术之后，白求恩在土炕上躺下了。但是，他不想错过了这个特殊的日子。他要在这个特殊的日子留下自己生命的痕迹。睡过了整个白天之后，白求恩坐起来，借着油灯的微光，用这个特殊的日子还剩下的一点时间给加拿大共产党的领导写下了一封讨论抗日游击战战术的长信。这是他1939年写下的最长的信件。进入1939年（也就是他进入中国的第二年），白求恩信件的数量急剧下降，长度也明显缩短。这无疑是他身心憔悴的症状。但是，他自己似乎并没有意识到这一点。在这封长信的最后，他的情绪仍然非常积极："除了想听到你们的消息以外，我非常高兴和满足。"他这样写道。

而在这前面的一段，他的情绪也相当不错。"今天是我的49岁生日。"白求恩告诉他生活在地球另一面的战友。他当然知道这是他在中国经过的第二个生日。他的第一个"中国"生日是在从汉口前往西安的途中经过的。他在当时的一封长信中这样简略地提到那漫长旅途之中的特殊的日子："我的生日—48—去年在马德里。"那时候，他高尚和纯粹的生活即将开始，而他似乎还没有完全从一年前在西班牙的尴尬经历的阴影中挣脱出来。这显然是一个有点伤感的句子。而这第二个"中国"生日给白求恩带来的是一种特殊的"自豪"：他自豪自己是"前线最老的士兵"。但是毫无疑问，白求恩绝不知道这第二个"中国"生日是他生命之中最后的生日，就像他绝不知道"1939年"是他生命之中最后的年份。这硝烟弥漫的年份将永远尾随着他的名字进入他的传奇，成为他无法逾越的极限。

可是，他的"高兴和满足"被"除了"的遗憾笼罩着："想听到你们的消息"是白求恩的奢望和绝望。他在这封信的开始重复他已经持续了一段时间的不满。他进入中国之后，不到一个月就向加拿大共产党寄出一份他的工作汇报。他声称他在14个月之内寄出了 20 封长信。但是,他却从来没有收到过他的组织的回信。在过去的 14 个月里,他收到过的信件与他寄出的信件在数量上极不对称。他不满一封来自北美的信件要经过香港转道延安最后才能抵达他所在的晋察冀边区。他估计他只收到了十分之一的信件。他提到"最近的"一封信是 1 月 14 日收到的。而这封信从美国寄出的日期是 1938 年的 9 月 20 日。也就是说,它在路上行走了"将近"四个月的时间。而在 1939 年 8 月 15 日写下的最后一封"给加拿大同志"的信件中,他却声称他的信件在到达中国之后"至少还要五个月"才能够到达他的手上,同时他估计他只收到了二十五分之一的信件。他对时间和数量的重新(夸大)估计标志着他的不满的升级。

在这最后一封寄往加拿大的信件中,白求恩抱怨自己的信息量甚至不如一个北极的探险者:"他至少还有收音机,而我却一无所有。"在过去的 20 个月之内,他只收到了资助他前往中国的"中国援助协会"(China Aid Council)的三封信,其中最近的一封就是他五个多月前在生日那天的信件中提到的"最近的"那一封。那当然已经是"七个月之前"的事情了。他抱怨说,那个机构"完全"忽视了它在前线的代表。套用《百年孤独》的作者自己最得意的小说的题目,1939 年的白求恩可以被定位为一个“没有人给他写信的老兵”。他不仅收不到国“外”的组织的信，他也很难收到国“内”的组织的信。在《纪念白求恩》的最后一段，毛泽东就提到白求恩给他写过“许多信”，而他却“因为忙，仅回过他一封信，还不知他收到了没有”。这孤独的“老兵”后来终于不再给毛泽东本人写信了。这可以看成是他在中国生活的一个重要的变化。而在 1939 年 8 月 1 日写给加拿大共产党的报告中，他写下了这样的抱怨：“在过去的 12 个月里，我给延安的组织（Trustee Committee）如此频繁地写信，却从来得不到他们的回信，我已经厌倦再给他们写信了。”

由多伦多大学出版社出版（1998 年）的《激情的政治》（*The Politics of Passion*）是迄今为止最详尽的“白求恩档案”。它第一次完整地公布了勤于写作的白求恩一生留下的文字：他的医学论文，他的文学创作（诗歌，小说和剧作）以及他的大量书信。他重要的摄影和美术作品（油画和壁画）也穿插于其中。这其中的大部分材料曾经被他的第一位英文传记的作者当成“家产”垄断了半个多世纪。这部编辑水平极高的历史文献将白求恩的文字依次按“冒险家”（青年）时期，“社会活动家”（蒙特利尔）时期，“信仰转变者”时期，“反法西斯战士”（西班牙）时期，“宣传鼓动家”时期以及作为“反帝战士”（1938 年）和“烈士”

(1939年)的两个中国时期排列起来。其中最早的一封信是白求恩1911年11月12日从安大略省北部的一个林场寄出的(他中断在多伦多大学医学院的学习在那里生活了一年),而最后的一封信写于河北省西部的一个小村庄,写于1939年11月11日,他离开人世的前一天。

身为历史学家的编者为每一段历史时期都写下了一篇措辞客观,逻辑清晰的导言。而在几乎每一件材料的前面,他又进一步给出了一段更为具体的解说。在总的序言中,编者提到白求恩的第一部英文传记(1952年出版)将白求恩神化为自我牺牲的"圣人"(这部传记中国部分的材料完全来自1948年出版的同样神化白求恩的中文传记),而白求恩的第二部英文传记(1973年出版)将白求恩贬低为自我毁灭的"罪人",两者都带着过浓的"主观"色彩。第二部英文传记作者于1977年出版的新的传记比较真实地再现了白求恩的"心理",但是,与《激情的政治》相比,仍然显得不够丰满,不够清晰。《激情的政治》如果也可以被看成是一部白求恩传记的话,它更像是一部自传。这是一部"无意中"完成的自传。它让传主自己的文字和作品来说话,让传主本人的理智与情感来说话。它吸引读者的阅读和倾听,它诱发读者的迷惑和怀疑,它让读者想得更多,想得更远,想得更深。

1926年秋天，36岁的白求恩被诊断患上了肺结核。这在当时能够致命的疾病带来了他一生中生理和心理的低谷。他在死亡的门口徘徊了一年多的时间。他的第一任妻子（后来她又成为他的第二任妻子。关于他们的关系请参阅我的短文“第二次分手”）在他生命最黑暗的时候离他而去令白求恩对死亡有了更丰富的认识。死亡教育了白求恩。当通过激进的疗法奇迹般地康复之后，他开始发生“信仰的转变”，他开始向往“专门利人”的生活。在1929年1月5日写给前妻的信中，他声称自己已经变成了“一个不同的灵魂”。

而白求恩一生政治的低谷出现在他的“西班牙时期”。他于1936年11月3日到达马德里，投身西班牙的反法西斯事业。可是，不到半年，他就（于1937年4月19日）“被迫”递交了他作为加拿大医疗小组（流动血站）负责人的辞职报告。围绕他的“滑铁卢”有不同的说法。但是，所有说法都不会错过那个神秘的瑞典女郎。她是白求恩完整意义上的“女秘书”。而西班牙当局怀疑这个神秘的瑞典女郎是法西斯的间谍。《激情的政治》的“附录一”是一份从90年代开禁的莫斯科档案馆获得的重要材料。在这份西班牙当局写给共产国际的报告中，与白求恩相爱的女秘书行踪诡秘。她频繁地前往前线，“有时候甚至在深夜”。她收集的地图“类似军用地图”。而白求恩本人也被描述为业务差劲，道德败坏，行为可疑的“外国人”。他总是在做“很详细的笔记”，记下桥梁和交叉路口的位置以及战略要地之间的距离和行进时间等等。而他拍摄的大量照片的底片都“下落不明”。报告提到白求恩最近一次从巴黎出差回来，带回的不是医疗器械，而是一架摄影机和一个摄影师。除了这些可疑的现实表现之外，报告的最后还没有忘记揭露白求恩的“前非”：白求恩的小组在马德里的住所原来是智利大使馆的物业，而当他与同伴“破门而入”之后，里面的两口箱子被他们打开，箱子里面的珠宝和文件都不翼而飞了。

被从西班牙召回令白求恩极度苦闷。他需要用新的政治来点燃他生命的激情。这时候，斯诺的《西行漫记》和史沫特莱的《长征》将他的注意力引向了世界上一个陌生的角落。他不安的灵魂再一次亢奋起来了。他开始在北美积极寻找财务和政治上的支持。从1937年底他写给一个不太重要的女友的“绝情”书已经可以看出他的准备工作进展顺利。“我前面的路是陌生和危险的。”他给出了这样的暗示。“安居乐业”无法令他满足，他只能走“陌生和危险的”路。1938年1月8日，白求恩在温哥华登上“亚洲女王”号，开始了他生命之中最辉煌的旅程。当天，他从船上给他最重要的女友（他在情书和情诗中称她为“小驹”）寄出了一封短信：“你知道，我的小驹，为什么我必须去中国……现在，我感觉很快乐。这是我离开西班牙之后最快乐的时候。”

将白求恩生命中的中国时期分为不同的两章是《激情的政治》表达的一个重要见解。白求恩于 1938 年 1 月底进入中国，于 1939 年 11 月中离开人世，他在中国的两年时间长度相同。但是，从保留下来的文献很容易看出，1938 年的白求恩与 1939 年的白求恩是两个“不同的”人。首先从数量上看，1938 年的白求恩留下了大量的写作（在书中的篇幅达 127 页），而 1939 年的白求恩只留下了少量的写作（在书中仅存 27 页）；而从范围上看，除了每月给毛泽东和给加拿大共产党写工作汇报以及给各地的朋友们写信和写出关于战地医院的建设方案等等之外，1938 年的白求恩还为“发表”而写作。他想通过西方的报纸来宣传延安和宣传抗日，他甚至还写下了一篇关于敌后武工队（取材于真实生活）的很有意思的小说和一篇讨论侵略战争的感情冲动的随笔。而 1939 年的白求恩不仅“已经厌倦”了给延安的组织和毛泽东本人写信，他对在西方的发表也没有强烈的兴趣了;最后从情绪上看,1938 年的白求恩热情洋溢,总是情绪乐观(尽管到达前线之后,他对中国的椅子不好坐,美国的资助不落实以及自己的信件被拆开和有缺省等等也有些不快),而 1939 年的白求恩则牢骚满腹,经常悲观失望。

那篇于 1938 年 8 月 2 日发表在加拿大报纸上的歌颂延安抗大的长文可以看成是 1938 年的白求恩的代表作。长文应该写作于 3 月 31 日到 5 月 2 日他在延安停留期间。“这是关于世界上最独特的大学的故事”,他的宣传这样开始。在文章的中间,他没有忘记借宣传抗大来宣传延安:“延安是未来中国的缩影,它年轻,热情,勇敢,而且快乐。”他这样写道。来自中国各个角落的这“世界上最独特的大学”的年轻学生给了白求恩极深的印象。“这些年轻人将是他们祖国的救星。他们的精神将激励数以百万计的后继者。”他在长文的最后这样肯定。

对写作和宣传都很有经验的白求恩没有忘记用专门的段落去谈论这“世界上最独特的大学”里的女性学生。这“许多都非常漂亮,全部都非常聪明”的东方女性让热爱女性的白求恩大开眼界。他赞叹这些女大学生们毕业之后的去向:她们将去前线发动群众,或者去敌后组织武工队。相比之下,白求恩挖苦说,那些与她们年纪相仿的北美女子想到的只是“约会,跳舞和电影”。

紧接着的两个自然段也许会令中国读者有特别的兴趣。白求恩在这里谈起了这些女性学生中最典型的一个:那个“来自上海的著名电影演员”。他这样写道:“几个月以前,这个女子还是无数人的宠物,过着奢侈的生活……现在,她与其他学生同吃小米和胡萝卜,与其他八个女子同住一个窑洞,同睡一张硬炕……没有口红,没有脂粉,没有香水。……她像其他所有学生一样,一个月只有一元钱的生活费,用来买肥皂和牙膏。”在这基础之上的问题非常简单:“她快乐吗?”白求恩这样设问。而他的回答接踵而至。他认为她“一定”非常快乐,“因为她像一只松鼠一样活泼和淘气”。这两段文字也许是这所“最独特的大学”里将对未来中国最具破坏性的学生在西方媒体上最早的出现。就像他谈到的人物一样,白求恩自己的“快乐”在 1938 年底以前也是毋庸质疑的。

但是,进入 1938 年的冬天,白求恩的情绪发生了很大的变化。那种与世隔绝的感觉已经令他难以承受。1938 年 12 月 8 日,在写给在延安工作的马海德的信件中,他的不满终于大规模地喷发。“我已经习惯了得不到你的消息。天啊,我不得不习惯。又是两个月过去了,没有任何回信。”白求恩激情的岩浆势不可挡，“延安来的医疗队 11 月 25 日抵达这里，没有带来你的信。我一直在盼望着这支医疗队能够给我带来一些书籍，杂志和报纸，以及你的一封告诉我外界发生了什么事情的信。但是，他们带来的是一台部件不全，无法使用的 X 光机。他们还带来了一听打开了的加拿大香烟，一条巧克力，一听可可粉和一支剃须膏。这些东西很好，但是，我宁愿用它们去交换一张报纸，一本杂志或者一本书。另外，我收到的来自延安的每一样东西都被打开过，包括我的所有信件。一些信件的一些部分已经丢失。下次请一定用双层纸包封好所有的物品和信件。中国人的好奇心实在太强了。”

这是绝望的岩浆。这是孤独的岩浆。“我已经 6 个多月没有见到过英文的报纸了……我没有收音机。我完全与世隔绝。”白求恩放任激情的喷发，“如果不是每天需要工作 18 个小时，我肯定会感觉不满的。”他看到了“专门利人”的生活“利己”的一面：它能够分散他对外界的留心和他对孤独的注意，它能够帮助他在“完全与世隔绝”的状况下艰难地生活下去。

这是白求恩在 1938 年留下的最后一封信。这封牢骚满腹的信给他热情洋溢的 1938 年画上了一个绝望的句号。

进入 1939 年，白求恩“专门利人”的工作热情并没有减退。

在最后那封(写于 1939 年 8 月 15 日)寄往加拿大的信中,他这样总结自己过去一年的工作:“我走了 3165 英里,其中的 400 英里是步行……做了 762 例手术,检查了 1200 个伤员,重组了部队的医务系统,完成了 3 本教科书……建立了一所医疗培训学校。”这是令人难以置信的工作强度。更难以置信的是,在这些随时间远去的工作之外,白求恩还在时间中永远留下了这些数量惊人的文字。

只有从这些文字的神经里我们才能够触摸到他极度的孤独。在写给马海德的那封信中,白求恩“想知道”的还只是这样一些重大的“事实”:“罗斯福还是美国总统吗?谁是现在的英国首相?法国共产党当政了吗?”而在寄往加拿大的最后一封信里,他的孤独已经扩散到了他细微的感觉之中:“我梦想咖啡,烤肉,苹果派和冰激凌。美妙的食物的蜃景!还有书籍……书还在写吗?音乐还在演奏吗?你们还跳舞,喝啤酒和看照片吗?软床上干净的白色床单是什么感觉?女人们是否仍然爱自己被爱?”他绝望地问道。

他不知道的事情实在太多了。他不仅完全不知道他远离的西方的事情,他也不完全知道他为之奋斗的国家的事情。比如他不会知道,当他那篇宣传延安抗大的文章在加拿大的报纸上发表的时候，在文章中出没的那只“淘气”的松鼠已经搬出了他提到的那个拥挤的窑洞，搬进了另一个特殊的窑洞。他更不可能知道，这生物性的搬迁在差不多30年之后将对中国的政治产生灾难性的影响，将令中国的历史付出沉重的代价。

对他自愿的事业和他献身的国家，白求恩始终充满了信心。但是，他对来自延安和北美的回信已经没有信心了。在理智上，他的事业急需资助（关于医疗学校的费用和战地医院的开支，他有非常详细和理智的计算）。但是，他等不到美国的钱，又要不到延安的钱，而他自己又没有钱。在感情上，他已经忍受不了这“完全与世隔绝”的生活了。他越来越想家。他在1939年的第一封信（写于1月10日）的最后告诉故乡的朋友，在元旦那天他遭受了“乡愁的袭击”。关于纽约，蒙特利尔和多伦多的记忆向他奔涌而来。“如果不是这样忙碌的话，我会为休假找到足够的理由。”他这样写道。1939年的白求恩已经在开始为他陷入的理智与情感上的绝境寻找出路。

1939年3月4日，白求恩在“完全与世隔绝”的状况中度过了他一生之中最后的那个生日。这时候，他对继续用“专门利人”的方式与时间格斗已经明显感觉“力不足”了。5个月之后，他终于不想再受“忙碌”的困扰。1939年8月1日，在信中表示了"已经厌倦"给延安写信之后,白求恩给出了自己解决问题的方案:"我必须暂时离开这里……"他决定"回家"去为他在异域的战地医院和医疗学校寻找财物和人力的援助。

两个星期后,在1939年8月15日的第一封信里,他向加拿大共产党的领导人报告了自己的行程:"我计划11月离开这里……步行去延安。这大概有500英里,需要用6个星期的时间。我将从那里去重庆,然后经云南……在1月份抵达香港。然后从那里乘船到夏威夷……大概在1940年2月份抵达旧金山。我想在加拿大停留三四个月,收集较多的资金和器械甚至人员……然后在夏天回到这里。"这"回家"的计划显然重新点燃了白求恩被孤独压抑的激情。在当天写下的寄往加拿大的最后那封信里他也激动地谈到了这"回家"的计划。

第二天,借着这高涨的情绪,白求恩给延安的组织写了一封短信。这封信可以看成是他向组织递交的正式假条。他的语气没有商量的余地。因为"不能从组织和北美得到任何的信息,"他写道,"我只好亲自去为自己寻找。"在这强硬的语气之后,白求恩又补充了其他的理由。他说他的牙齿和眼睛的情况很差,另外还有一边耳朵已经"完全失聪"3个月了。这也就是说,他的离开不仅仅是为了"出差",而且为了"休假"。他向中国的组织做出了同样的保证，他保证会在“明年夏天回来”。

紧接在这假条之后的是白求恩一生中留下的最后一封信。这封写给他的翻译的短信写于 1939 年 11 月 11 日。白求恩在短信中谈到了他伤口感染前后的经过。他说他继续留在前线已经没有什么意义了。在被送回来的路上，他“在担架上吐了整整一天。高烧 40 度以上……不能入睡，精神亢奋……所有的药物都没有用了。”他又一次来到了死亡的门口。他似乎有许多话要说。“明天将会见到你，我期待。”这个“完全与世隔绝”的人在短信的最后给他的世界里唯一懂得他的语言的人写道。

他在他期待着的这“明天”带着他疲惫的身体和孤独的心灵跨入了死亡之门。他曾经于 1914 年 9 月第二次中断他在多伦多大学医学院的学习，去欧洲参与第一次世界大战（他在中心战场上做负责运送伤员的担架员并且在那里成为伤员），而当他从中国河北省西部的一个小村庄跨入死亡之门的时候，他甚至不知道第二次世界大战已经于两个月之前在欧洲爆发。世界在他远去之前已经离他远去了。他没有等到他一直在等待着的信件。他没有读到他一直想读到的报纸。他没有能够重逢纯正的咖啡，地道的烤肉以及精美无比的女人。他是被“囚禁”的普罗米修斯，他被囚禁在“完全与世隔绝”的孤独之中。

但是，死亡解放了他。在离开世界40天之后，白求恩通过一篇很短的文章重新回到了与他隔绝的世界。而在离开世界几乎30年之后，因为这篇短文以“老三篇”的包装成为七亿人的“圣经”以及这篇短文的作者被迷信为“万岁万岁万万岁”，白求恩拥有了更显赫的历史地位：他成了他献身的国家的偶像，他成了他出生的国家的传奇。

性情复杂又多才多艺的白求恩（他精于摄影和绘画，擅长医疗器械的设计和改进，他还创作小说和戏剧等等）为这显赫的历史地位付出的代价是他变成了一个“单面的人”：他生命的细节已经不重要了（比如《纪念白求恩》的第一句话称他“五十多岁了”，事实上他“不远万里来到中国”的时候还不满48岁）。他生命的孤独也已经不重要了（比如谁也不会在意他是否收到过那仅有的“回信”）。重要的是他的“高尚”和“纯粹”，是他的“毫不利己，专门利人”。或者说，重要的是用我们的方式对他的“纪念”，而不是从更深刻的角度对他的“理解”。

而《激情的政治》显然能够帮助读者去“理解”很难理解的白求恩。它将读者带离他意外获得的虚荣，带进他躁动不安的生命。它让读者穿过时间的烟尘和历史的迷雾去惊叹一个伟大生命不同凡响的孤独和不可思议的激情。

激情的政治(外一篇)

白求恩于1929年11月11日(他将近40岁的时候)第二次结婚。他的新娘对他来说并没有特别的新意:因为她早在7年以前就已经成为了他的第一任妻子。

他们于1923年8月13日第一次结婚。据说在结婚之前,白求恩对他的新娘有惊人的“承诺”:“我可能会给你带来不幸,但是我绝对不会让你感觉平庸。”他用两次婚姻将这承诺中的“可能”变成了现实。至于这承诺中的后半部大概只有当事人本人能够“感觉”得到。

而从白纸黑字的文献中,我们也不难知道,他们的婚姻中充满了平庸的争吵。他们为了钱，为了性，甚至为了饮食而争吵不休。他们从第一次婚姻吵到第二次婚姻。在第二次结婚三年之后，白求恩与这同一个女人第二次离婚，彻底走出了他两次进入的同一条河流。

由多伦多大学出版社出版的《激情的政治》(*The Politics of Passion*)是迄今为止公布的最详尽的白求恩档案。这其中除了白求恩的大量书信之外，还包括他的医学论文，他的文学创作(诗歌、小说和广播剧)以及他的摄影和美术作品。这些档案中的大部分材料曾经被他的第一位传记作者垄断了半个多世纪。

这是一部编辑水平极高的历史文献(编辑者是一位著名的历史学家)。白求恩致他妻子的部分信件是文献中很有意思的组成部分。其中最早的那封信是白求恩在第一次婚姻出现危机之后写成的。在这封写于 1925 年 10 月 20 日的信件中，白求恩肯定自己“仍然热爱着、崇拜着和欣赏着”已经离家出走的妻子。他说他对她的思念“极为强烈又有点矛盾”。他甚至对自己施行苦肉计，请求他的妻子远离“更长一段时间”，这样，当她“回来”的时候，她就会执着于“这些年积累起来的感情”。

但是，她没有回来。她躲在很远的地方启动了他们第一次离婚的程序。而此时，白求恩正徘徊在死亡的门口：他患上了那时候足以致命的肺结核。他在疗养院的病房里留下的表现主义风格的壁画系列作品和诗歌（它们都收在这部历史文献中）表达了他对生命的绝望。他的第一次婚姻于1927年10月24日结束。三天之后，他化悲痛为力量，对自己施行了激进的人工气胸疗法。这背水一战不仅使他起死回生（40天之后，他就彻底康复了），而且给他在医学界带来了很大的名声。

与死亡的近距离接触改变了白求恩。他开始“向死而生”，他准备“毫不利己，专门利人”。但是，死亡的威胁并没有改变白求恩对旧情的迷恋。他不断给前妻写信，关于自己的身心，只报喜而不报忧：他声称自己身体“非常健康”，又声称自己已经“是一个不同的灵魂”。他不想独吞自己的“新生”，他想与旧情分享自己的“新生”。

于是，他与第一任妻子开始了将与他们的第一次婚姻结局相同的第二次婚姻。

白求恩于1933年3月30日第二次离婚。事实上，这婚变的结局早就已经成了定局。在1931年11月30日的一封信中，白求恩反复声明他不会“逼”他的妻子与他们的一位朋友结婚。但是，他显然对自己心爱的女人仍然将那位朋友当成“爱人”而非常不满。他暂时压抑了这种不满。“我不会再说什么，”他这样写道，“我甚至能够忍受这一事实，如果它让你高兴的话。”

写下这封信之后一个月，风向突变。在写于1931年12月31日的信中，快满42岁的白求恩主动提出结束与同一个女人的第二次婚姻，因为“意想不到的事情发生了”：他爱上了一个26岁的美国女孩。他想与那个他预感能够给他带来快乐的女孩结婚。“亲爱的，我们没有必要和解我们不可和解的天性了。”他写道。他显然不想再做任何努力了。他承认自己与前两任妻子从来就没有轻松地生活过。“与其用相互的指责来折磨对方，不如让我们平静地承认这一事实并且友好地分手。”他果断地写道。

他们友好地分手了。但是，白求恩却并没有马上平静下来。他仍然称他的两任前妻为“我的妻子”，尽管她已经很快就成为了他们那位朋友的妻子。直到第二次离婚将近一年之后(1934年2月11日)，白求恩才写下正式的“绝”情书。“我曾经爱过你。为了证明这一点，我现在不会再打扰你。让我们分手吧。”他在“绝”情书的最后写道。他希望这正式的申明能够断绝自己前两任妻子的现任丈夫对她的疑虑。

但是，白求恩并没有停止对她的关心、担心和多心。他继续给她写情绪波动的书信，直到1938年1月8日。这一天，白求恩在温哥华登上了“亚洲女王”号客轮。这是他的不归之路。他的目的地是将令他名垂青史的中国,战乱中的中国。他从客轮上寄出了给他前两任妻子的最后一封信。在这封极短的信件中,白求恩仍然对她的现状和未来忧心忡忡。“通往天堂的最后那一段路程”即将开始了,这高尚和纯粹的灵魂却仍然在经受着“过去”的困扰和折磨。

“大地”的回报

在整个二十世纪之内，只有一个人会用两种相去甚远的语言对刚刚获悉的诺贝尔文学奖的消息做出这种消极的反应。这个人首先用汉语说“我不相信”，接着又用英语说“这很荒唐”。这“双重”的否定是对那一年诺贝尔文学奖的第一反应，是获奖者本人的反应。

像许多年以后还对那个消息义愤填膺的许多人一样，获奖者也马上想到了另外的结果，不“很荒唐”的结果。她的双重否定以虚拟语气相接：她说这个奖项“应该”授予德莱塞。这种谦让暴露了她文学趣味的水准：她欣赏的是山丘，而不是巅峰。

她不可能想到乔伊斯。那位两年多一点之后将要离开人世的天才将令人世间最大的文学奖蒙受终身的羞愧。

所有的“应该”其实都只是一种偏见，正像任何一种评选的结果。当“结果”的偏见与“应该”的偏见相冲突的时候，“结果”往往能够传达更准确的信息。

这位消极的获奖者得到的不是抽象的“诺贝尔文学奖”，而是具体的“1938年的诺贝尔文学奖”。将焦距调对得更准确一点，我们马上就会发现这备遭非议的评选结果其实正好与当时风声鹤唳的国际局势相匹配：在欧洲，希特勒和墨索里尼的队伍正整装待发，而他们支持的佛朗哥也已经在西班牙内战中占据主动；在亚洲，已经占领了华北平原以及中国所有沿海城市的日本军队继续保持旺盛的攻势，将铁蹄伸向了长江的腹地。“自由”这一文学所代表和捍卫的基本理念在世界范围内遭遇到了强悍的敌人。在这风雨飘摇的时刻，热爱和平的瑞典人将注意力从文学的塔尖上移开，投向人民群众的汪洋大海，这实际上是对时局的一种本能的反应。他们希望从他们偏僻的讲台上发出和平的声音，他们希望用自己的选择来表达他们对奴役的同情和对自由的向往。1938年的诺贝尔文学奖正是怀着这样的希望选择了赛珍珠。通过她铺天盖地又通俗易懂的写作，这位与中国关系密切的美国公民在国际舞台上成为了自由的代言人。

在初版于1954年的自传《我的几个世界》中，赛珍珠正是从中国的局势谈到了她1938年的瑞典之行。这种叙述方式认同了上面这种关于她的获奖的历史唯物主义的诠释。她首先谈到了西安事变以及将近两年的国共合作，然后谈到了联合抗日的双方对战争结果的不同期待。她显然对自己获奖的历史背景了如指掌。最后，她将自己对中国局势的分析锁定在一个具体的时间单位里："这就是在1938年11月中国人所面临的处境。"她这样总结说。

这个总结具有承前启后的作用，紧接其后的一个自然段只有一句轻描淡写的话："在那同一年的同一个时候，我正在瑞典，我去那里接受诺贝尔文学奖。"这简洁的段落显示出赛珍珠准确地知道自己能够登峰造极的所以然。"那同一年的同一个时候"将还很年轻的诺贝尔文学奖与古老的中国牢固地捆绑在了一起。

她没有再去纠缠自己"应不应该"得奖的问题。她用首位带上那顶桂冠的同胞为自己排忧解难。在她前往斯德哥尔摩之前，同样被公认为玷污了诺贝尔文学奖的刘易斯这样给她鼓劲："不要让任何人低估你的获奖。这是一个重大的事件，是一个作家一生之中最大的事件。去享受它的每一个瞬间吧，它将成为你最美好的记忆。"赛珍珠牢记着这位同病相怜的同胞的告诫。一路上，她置精英们的非议和挖苦于不顾，不亢不卑地享受着这"很荒唐"的盛名带来的每一个瞬间，每一阵神奇。

与践踏自由的暴力作斗争是这种享受中的一部分。她拒绝了纳粹德国的邀请，因为她不想访问一个不允许她自由思考和畅所欲言的国家。"我是一个个人主义者和民主主义者。"她这样告诉尾随她的记者。而她关于中国的言论更是桀骜不驯，如雷贯耳。她说处于民族存亡关头的中国最需要的是一个深得人民信任的强大的中央政府，但她不相信这样的政府能够在蒋介石的领导下形成。她还批评当时的中国政府里许多(如果不是所有)的官员都贪污腐化，而且绝大多数官员都毫不关心人民的生活和福利。这如果不算是赤化宣传，至少也是左倾言论。作为回报，驻瑞典的中国外交官员拒绝出席历史上这第一个与中国有关的诺贝尔奖的颁奖仪式。(我在费正清 1982 年版自传的第 253 页上还读到了另一次更远的回报。那已经是十年之后的事。正在美国访问的宋美龄对赛珍珠过去的反蒋言论仍然耿耿于怀，对她刚在《生活》杂志上发表的对蒋介石政府的批评更是恼羞成怒。她用非常滑稽的方式对赛珍珠进行了羞辱和报复。)

赛珍珠将她领取诺贝尔文学奖时的发言收在《我的几个世界》之中。这简短的发言共分为三段。第一段是简短的客套。在稍长的第二段里,赛珍珠突出了自己"美国女性作家"的特殊身份。这身份中的性别特征很有分量,因为直到半个多世纪之后,才有另一位同一性别的美国作家(托尼·莫里森)站到了同样的讲台上(那是毫无争议的结果)。而在最长的第三段里,赛珍珠将自己的身份进一步"特殊化":她是与中国息息相关的美国人。这应该是很难在诺贝尔文学奖的领奖台上再现的特殊身份。通过这极为特殊的身份,对中国的爱第一次回荡在举世瞩目的文学圣殿里:

如果不以我个人的方式提到中国人民,我就还不是真正的自己。在过去的那么多年里,中国人民的生活也就是我自己的生活。而他们的生活也将永远都是我自己生活的一部分。领养过我的中国与我自己的国家有许多心理上的一致之处,其中最突出的就是对自由的热爱。今天,当整个中国正在从事人类最伟大的争取自由的斗争的时候,我们更能够看清楚这一点。

我从来没有像现在这样更加敬佩中国。现在，中国人民正团结在一起反击威胁她的自由的敌人。有了这种对自由的决心（这决心深深地扎根于她的本性之中），我知道，她是不可战胜的。

其实，赛珍珠的自传里充满了对中国的敬佩。比如她将一篇她三十岁时发表的随笔收在自传之中。她用这篇题为“中国的美”的随笔极力为“中国的美”进行辩护。她说中国的美是一种需要更多人去发现和欣赏的内在的美和古典的美。而她关于梅兰芳的回忆片段也提到了大师性格中“内在的尊严”，她认为那是大师艺术魅力的道德基础。

“很荒唐”的荣誉使赛珍珠有机会将这种令她陶醉的中国的美展现给更多的听众。按照惯例，获得诺贝尔奖的作家要在领奖的第二天做一个正式的演讲，讲述自己文学的渊源。这位在中国生活过 41 年的 46 岁的美国人的文学来自何处？

赛珍珠演讲的题目是“中国的小说”。这篇根据她在南京大学任教时的讲义扩充而成的讲稿后来以同样的题目（加上了“诺贝尔演讲”的副标题）单独成书出版。

演讲一开始，赛珍珠就肯定地指出，“是中国小说而不是美国小说”塑造了她“在文学上的努力”。接着，她侃侃而谈，从汉代的笑话，唐代的传奇一直谈到了明清的经典（特别是她自己翻译过的《水浒传》）。她说中国文学虽然没有留下像西方那样耀眼的小说作家，却留下了与西方的成就同样伟大的小说作品。她说中国的小说不是那种可以用西方标准来衡量的，由孤独的艺术家创造的精致的艺术品，但是，它却有极为粗壮的生活之根：它来自于人民，它服务于人民，它属于人民。“就像中国小说家一样，我接受了这样的教育：我要为人民写作……人民对故事有最正确的判断，因为他们的感觉未被磨损，他们的感情不受拘束。”她在演讲的最后这样自豪地表白。这是她充满感情的知恩图报。

赛珍珠曾经被世界上最大的社会主义国家分类到“无产阶级作家”之中。她关于自己写作立场的这种表白也许就是这种分类的凭据。这种表白马上让我想起了比她晚一年半出生的那位 20 世纪中国历史上最重要的人物。就在赛珍珠这不为中国人民所知的演讲三年半之后，他发表了对中国的文学艺术影响极为深远的“讲话”。赛珍珠的演讲与毛泽东的讲话经殊异的道路而同归于“人民”，这是偶然的巧合，还是时代的必然？

我想象不出赛珍珠通俗的声音当时会在瑞典的大雅之堂上引起怎样的反响。很多年以后，由瑞典皇家学院包办的她与诺贝尔文学奖的“结合”仍然是西方知识精英们的笑料，并且仍然为广大的中国人民所不知或者不齿。她“通俗”的声音与左右之源都无法相逢。

赛珍珠的自传出版于1954年。这对她是一个意味深长的年份：她离开领养过她的中国已经整整二十年了。这对美国同样也是一个意味深长的年份：甚嚣尘上的麦卡锡主义终于走到了穷途末路。麦卡锡的主要目标拉迪莫尔(Owen Lattimore)是赛珍珠相知多年的朋友。她在自传中再现了她与拉迪莫尔夫妇30年代初在北京的见面，并且提及那位天才的东亚学者后来帮助蒙古的宗教领袖逃离集权统治等轶事。自传出版前三年，麦卡锡并没有能够成功地给拉迪莫尔带上“头号苏联间谍”的帽子。赛珍珠完全没有必要用自己的回忆来为他作证。但是，她没有放弃这样的机会。她平缓的讲述再现了曾经在听证会上与不可一世的麦卡锡针锋相对的拉迪莫尔的人格魅力。

赛珍珠接下来的生活最好是从她的那本“文化传记”中去打探。这部出版于1996年的传记史料翔实，立场端正，叙述稳健。它为赛珍珠前六十年的生活补足了盘根和错节。而作者康恩(Peter Conn)最大的贡献是让我们看到了他的传主最后二十年的生活：穿过无休无止的误解，赛珍珠最后的生活继续笼罩在历史的迷雾之中。

她的畅所欲言令她在自己的国家腹背受敌。她因为对国民党政府贪污腐化的批评而受到了她那些敌视“共产主义”的朋友的冷遇；她又因为对“共产主义”持“不同政见”而遭到极左派知识分子的唾弃。她因为积极参与民权运动，反对种族歧视，反对性别歧视，反对战争等等，成为了自由主义的代表、女权运动的先驱。在1969年一项权威的民意调查中，她被列为美国十大杰出女性的第八位（而且是仅有的两位纯粹“靠自己的努力”，而不是靠丈夫进入那个名单中的女性之一）。但与此相应，她的行为又引起了官方的警觉和民众的敌视。她的FBI档案因此越积越厚。不少人要求将她的作品从公共图书馆的书架上清除出去。

这个在政治上极有争议的人物却是一个无可争议的母亲。她带大了她自己“永远不会长大的”弱智的女儿。她发表于1950年的长文“永远不会长大的孩子”激起了包括“背负着同样的十字架和忧伤”的戴高乐夫人在内的成千上万的母亲的强烈反响，进而撼动了西方社会对弱智以及其他心理疾病患者历来的歧视（她将这篇长文单独出版后得到的丰厚版税全部捐给了她资助多年的弱智儿童学校）。同时，她还领养过七个孩子。

而由她创办的领养儿童的著名机构“欢迎之家”多年以来已经为世界各地成千上万的孩子找到了新的生活和意想不到的未来。

她在腹背受敌的窘迫下也没有掩饰过她对中国一贯的热爱。这种热爱在60年代的美国几乎是一种罪过。而在她出版于1961年的《过路的桥》(一本关于她在日本的经历的书)的第一页上,读者就会看到了她对仇恨的断然拒绝。“我拒绝称它(中国)是敌对的国家。”她这样写道。她说在她的记忆中,中国的人民“太善良”,中国的土地“太美丽”。

她总是提醒她的读者和听众不要忘记她在中国生活的时间比她在美国生活的时间要长。但是,随着岁月的流逝,她对这句话的正确性却越来越没有信心了,因为她极为健康的身体状况很可能会要打破她引以为自豪的这种生活的“逆差”。正是在这个时候,变化莫测的国际局势又让她看到了维持这种“逆差”的希望。尽管她已经79岁了,她仍想(比如以记者的身份)加入尼克松“破天荒”的代表团。如果如愿以偿,她可能是代表团中唯一可以将那一趟历史性的出行称之为“回家”的人。她频繁地用电报向周恩来和其他中国领导人提出申请。同时,她又求助于包括尼克松在内的美国政要。但是,她再一次左右都无法逢源。

在尼克松结束了改变历史的中国之行之后三个月，赛珍珠才收到由中国驻加拿大的外交机构中的一位低级的官员签署的对她的签证申请的如下答复：你的信件都及时收到了。考虑到长期以来你在作品中对新中国的人民和领导人所持的歪曲、丑化和污蔑的态度，我授权通知你，我们不能接受你访问中国的申请。

这位早在1933年就被20世纪最伟大的中国作家断定对中国的了解只是“不过一点浮面的情形”的“美国女传教士”在几乎40年之后被进一步定性为是“革命的敌人”，被领养过她的“大地”拒之于万里之外。

（顺便提一句，赛珍珠的代表作被译为《大地》丢失了英文原名The Good Earth中的“好”处和善意。1938年，一位英国的精英作家曾经用英国人的幽默从这“好”处下手，在他的游记中戏称他所看到的中国为“the Bad Earth”，引起了赛珍珠的愤慨和反击。）

能够让赛珍珠对新中国“里面的情形”进行深入了解的道路被完全堵死了。中国只可能存在于她的记忆中，而不可能再现在她的视野里。或者换一种说法：对她来说，中国永远只是那个令她倾倒的古典美人，而不可能是那个令她疑惑的现代巨人。

在被中国拒签 10 个月之后，赛珍珠离开了人世。死亡也许是能够保持赛珍珠引以为自豪的那种“逆差”的唯一的方式：她在中国生活的时间长于她在美国生活的时间。

没有将她纳入代表团的尼克松用“东西方文明之间的桥梁”为她盖棺定论。这座“桥梁”的建筑风格基本上应该是中国式的，正如赛珍珠为自己设计的墓碑。那座墓碑上没有出现她家喻户晓和登峰造极的英文名字，而只留下了她备遭冷遇和羞辱的中文名字。

她好像只想以一个中国人的名分回归“大地”。

其父与其女(外一篇)

在第一次(1910年)随父亲回美国的漫长旅途中,这个在中国长大的“害羞的女孩”与她的父亲之间有一次“早熟”的交谈。她不理解美国为什么也会被包括在“列强”之列,受到中国人民声势浩大的仇视。与其他强霸的国家不同,她辩解说,美国没有在中国圈立租界,美国又将庚子赔款用来资助中国的留学生,美国还在中国建立了那么多的医院和学校,还为遭受饥荒的中国灾民提供了那么多的救济。

听完女儿的辩解,父亲心平气和地说:“永远不要忘记传教士并没有接到过中国人民的邀请。我们只是凭着自己的责任感来到了这里。因此,中国人民并不欠我们什么。我们为他们做了许多好事,那只不过是尽了我们自己的义务……我们的国家没有租界,可是别的国家在圈立租界的时候,我们什么话也没有说。何况,我们也的确从不平等的条约中得到了好处。我不认为我们可以逃脱最后的清算。"

这个在女儿的眼里像是"一座冷漠的纪念碑"的父亲就这样将自己"害羞的"女儿带到了更深的羞愧之中。这烙印在灵魂深处的羞愧会让她更理解她热爱的大地和人民,并给她(也许有点太多)的写作留下永不磨损的标记。

赛珍珠的小说不可能激起我的敬意,但是,她的传记却引起了我的兴趣。她的自传《我的几个世界》出版于她彻底离开中国二十年之后的1954年。这个在中国生活过40年并且(颇遭非议地)"因为中国"而站到了诺贝尔文学奖领奖台上的美国人为我打开了可以同时观赏"几个世界"的窗口。

她用不少的篇幅谈论她童年世界里的那"一座冷漠的纪念碑"。她说,直到长大了以后,她才开始慢慢地欣赏她的父亲。而在父亲70岁以后,她才彻底发现了他的魅力。"是我而不是他的错让我们要等到这个时候才能够互相理解。"她这样写道,"从前,他不知道怎样接受我的世界,我也不知道怎样进入他的世界。我们不得不一起长大和成熟。”她很高兴自己的父亲活到了他们“能够互相理解的年纪”。

在自传的后半部分，死去多年的父亲又有一次极为隆重的出现。他出现在她从年迈的瑞典国王手上接过诺贝尔奖的一刹那。“在那一刹那，我看到的不是国王的面孔，而是我父亲的面孔。”她在自传中“第一次公开”她十六年前的那一次奇遇。她说甚至就连国王伸过来的手都与她父亲的手极为相像。当时她大吃一惊，几乎忘记了在领奖之后要“退回”座位（而不是背对着国王走回座位）的礼仪。父亲在如此特殊的瞬间的复活给这个“害羞的女孩”带来了巨大的安慰。

她自己在性格和体格上都与她的父亲非常相像。谈到她缺乏幽默感的时候，她的传记作者曾经这样攀比：“她仍然是她父亲忠实的女儿，固执地相信严肃的问题必须严肃地对待。”

在她出版于1961年的一本书的最后，类似的幻觉再一次出现。赛珍珠误以为冥冥中听到的一段神圣的声音来自她埋葬在“中国正中心的一座山顶上”的父亲。而在那本书的扉页上，她引用了瓦莱里动人的诗句：我只想躲避在自己的心中/在那里，我可以尽情享受对他的爱情。

像她的父亲一样，赛珍珠的一生充满了对中国的爱。她活了很久，却没有活到能够与中国“相互理解的年纪”。她显然对这种“相互理解”充满了幻想。这幻想刻凿在她为自己设计的墓碑上。那里没有留下她的英文名字。在孤独的死亡之中，她不再是备受关注的 Pearl S. Buck，而只是备遭冷落的“赛珍珠”。

耐人寻味的“芝麻”

韩素音的第一本书出版于1942年。她在风华正茂的年纪迈出了成功的第一步。“中国”和中国正在经历的“国难”显然是她首战告捷的秘诀。她的写作从此与中国形影不离。我现在想要谈论的是她出版于1994年的第23本书。

韩素音既写小说，又写传记。她的传记有时候很像是小说，而她的小说有时候又很像是传记。她的小说和传记都曾经拥有很大的市场，受到过两代西方热血青年的追捧。比如曾经在19岁(1972年)投奔“红色中国”的加拿大著名记者黄明珍(Jan Wong)在她的“忏悔录”《神州怨》(*Red China Blues*)中就曾经将韩素音获得巨大成功的第二本书与斯诺的《西行漫记》相提并论，认为是受了它们的误导，她才将青春献给了远在地球另一侧的“乌托邦”。

韩素音选用的书名通常都比较浪漫，而这第23本书的书名却非常实在。《长子》(*Eldest Son*)不太像是韩素音的书名。它听起来仍然可能是一部小说。事实上，它却是一部非常严肃的传记。传主响亮的名字以及他与历史的关系出现在有点“封建”色彩的书名之下：韩素音用这部传记的副标题将“周恩来”与“现代中国的形成”联系在一起。

我不认为“长子”是这样一本传记合适的书名。它的传主大概也会同意我的这种看法。尽管在革命的队伍里有无数著名的“长子”，“长子”这种身份更容易让人在意的却是与继承的亲近以及与革命的疏远。更重要地，这种身份没有能够将传主与那位对“现代中国的形成”影响更高一筹的人物区别出来。韩素音为后者写的那两部传记(以1949年分界)都选用了比较浪漫的书名。

事实上，《长子》只是这部传记的英文版的书名。根据英文版翻译并提前一年出版的法文版沿用的是更早一年她用中文出版的那部传记的书名(《周恩来和他的时代》)。法文版只是用副标题(“一个革命的京官”)来浪漫了一下。而这个副标题之中居然含有一个醒目的错误,它将“那个时代”结束的年份误印为“1998”(传记的正文与历史同步,结束于 1976 年)。

韩素音在 1956 年到 1974 年之间对她这第 23 本书的传主进行过 11 次长时间的采访。她又在其他许多的公开场合与传主有过无数次的见面与寒暄。这种近距离的所见所闻是为这部传记奠定基础的“独家”材料。但是,为什么在最后一次采访将近 20 年之后才出版这部传记?或者更有意思地,为什么在最后一次采访将近 20 年之后“还要”出版这部传记?这部传记的“出版时间”也许是一个可以发挥的话题。它各种语言的版本相继问世的时候,“现代中国”已经经历了它历史上最大的危机:它已经真正地“现代”了或者说它已经开始“后现代”了。这时候,绝大多数人对“过去”已经没有兴趣,他们更关心的是专家们对下一轮股票“涨幅”的预测。而那极少数对“过去”仍有兴趣的人之中的大多数却在标榜新的思维。他们试图用“现代的”方式去理解“过去”。

韩素音的“跋”显露了这部传记的“针对性”。她写道,在 80 年代的中国,有一些年轻学者试图重新评价她的传主的功过。这显然是一种令她极为不安的“学术动态”。她肯定这些年轻学者得出的那些“愚蠢的结论”根源于他们对历史“错误的理解和肤浅的知识”。韩素音显然想用这部字里行间闪烁着她对传主无限崇敬的传记来“拨乱反正”。在她看来，她的传主生活在特定的历史条件之下：他做了历史让他“不得不去做的”一切。这“一切”之中当然既包括了有口皆碑的“阴违”（比如在浩劫之中保护和搭救了许多危在旦夕的生命），同时也包括了众说纷纭的“阳奉”。韩素音试图用历史的理性（“不得不”）去扑灭“重新评价”的狂热和冲动。

她讲述的历史和讲述历史的方式与我们习以为常的那些公开的材料中所讲述的历史和讲述的方式并没有大的出入。因此，传记的大部分内容也许更适合作为学习“翻译”（汉译英）之用，而不是洞察“历史”之用。但是，我们不必因“大”失“小”。像在翻读韩素音其他关于“现代中国”的作品一样，阅读的注意力不应该放在烂熟的“西瓜”之上。那些作品的“亮点”是那少量的芝麻。它们往往耐人寻味，有特殊的“口感”。

比如在第59页上韩素音提到了在法国留学期间蔡和森对她的传主的批评。她的传主像一个普通人一样注视和赏识巴黎的丰韵。他在写给国内朋友的信中称赞这座美丽城市里的姑娘们“迷人”、“漂亮”。而蔡和森对这种“感性”大为不满，他反感传主目光的动向。在蔡和森看来，“一个真正的革命者的目光必须永远盯住工人阶级所遭受的苦难和剥削”，而不应该被美好的事物所迷惑。对美好事物的对立态度显然损害了两个革命家之间的友谊。

而和与伟大领袖关系之中的微妙之处相比，这种年轻人之间的抵牾当然无足轻重。在第 269 页上，韩素音转述了传主的一位秘书的回忆。1958 年 3 月的成都会议之后，她的传主被要求写出他的“检讨”。他在办公室里度过了一个不眠之夜。当读到这位秘书为他起草的“检讨”稿中“我和主席一直风雨与共，同舟共济”这样的句子时，传主情绪十分激动。他批评这位秘书不懂党史。他告诉他这种说法“不正确”。“只有在 1945 年以后的情况才是这样。在那之前，我并不总是与毛主席一致的”。传主这样承认。他显然对这“并不总是”充满了余悸。他为自己这种“不胜寒”的处境流下了眼泪。

在第 357 页上，韩素音提到斯诺向她讲述的一个细节。在 1970 年 10 月对她的传主进行采访的过程中，斯诺注意到这个极为谨慎的人将四年前已经遭“炮打”并且一年前已经（在开封以假名）被埋葬的“叛徒内奸工贼”称为“刘少奇同志”。这悖逆“圣意”的称呼是他的口误还是他的暗示？斯诺不认为这是口误。他将这种“犯上”的称呼解释成是被采访者的一种“忏悔”。

关于这个爱憎分明的美国人本人的一个细节也很有意思。在第280页上，韩素音提到了她的传主将刚刚获得自由的“末代皇帝”邀请到了国庆宴会上来。韩素音写道，没有人能够与这位“公民”正常地讲话，因为他不停地对所有人鞠躬，因为他不知道“现代中国”的深浅。他走过来的时候，韩素音与他握了手，而站在她身旁的斯诺却拒绝这样做。因为他将这位新“公民”归为“杂种”一类。“我不会与这个杂种握手。”他这样说。

在第383页上，韩素音提到她的传主在1972年夏天的一次出现。在首都机场，她远远看见已经74岁的传主从他使用了多年的那辆波兰产的小轿车里“冲出来”。他的动作“像从前那样轻快”。“没有秘书”跟在他的身旁。他自己“提着自己的手提箱”。而这时候，她的传主已经被诊断出患有膀胱癌了。这样的场面与当今政治巨星们的排场相比，当然显得极不“通俗”，当然有“曲高和寡”的凄凉，当然不会“后继有人”。

陈毅的葬礼是这样一部传记不会忽略的细节。伟大领袖穿着睡衣突然到来不仅提高了葬礼中的规格，而且具有更复杂的政治含义。在第388页上，韩素音提到，伟大领袖看见以自己的名义敬献的花圈时，夸奖她的传主想得非常周到。他对死者的亲属说“陈毅是个好同志”。这是广为人知的“佳话”。而韩素音还写道，伟大领袖接着又补充说“邓小平也是个好同志”。这是鲜为人知的动向。伟大领袖为什么要在一个“好同志”的葬礼上肯定一个正“背井离乡”的活人为“好同志”？这一句与葬礼没有太多联系的话令病入膏肓的传主倍受鼓舞。他知道那不是口误，那是暗示。它意味着伟大领袖已经认可了传主自己想将中国从“抓革命”的邪道拉回到“促生产”的正轨上来的精心的努力。葬礼之后，他迅速将这“人才难得”的“好同志”召回了北京。

韩素音也没有错过伟大领袖于1976年元旦发表的那两首朗朗上口的作品（《重上井冈山》与《鸟儿问答》）。她的传主读到作品之后的反应与我过去熟知的完全不同。他已经没有精力，没有兴趣也没有必要去猜测那“几只苍蝇”的真实身份了。他应该知道，几天之后，他的灵车将从长安街上缓缓驶过。他应该不会想到也不会在意那种“万众心相随”的揪心的送别场面。他已经没有必要再朝“前”看了。他想到的是过去，是过去的压抑和屈辱。他对自己最亲近的人说他有“太多的事情”没有告诉她。这是他的忏悔。可是，他知道，“现在已经太晚了。”这是他的遗憾。关于这一段引语，韩素音没有在书后的注释里注明引自何处。韩素音曾经多次采访过传主的妻子(她当然是这临终的忏悔唯一的听者)。这一段话如果真有出处的话,当然应该出自她的这些采访。

在同一页上,韩素音还评论了她的传主对自己后事的安排。她认为那种不留痕迹(既不留骨灰又不留墓碑)的做法"打破了儒家和共产党的双重传统"。在她看来,传主最后遵循的是"道家"的教诲。在这部传记中,韩素音几次提到传主与"道家"的关系。根据她的说法,这位曾经被批"儒"波及的"周公"早在青年时代就已经对"道家"情有独钟。

而他无疑又是"现代中国"第一代领导人之中最能够接受"西方"的人物。在第398页上,韩素音提到了安东尼奥尼的纪录片《中国》。对那部纪录片的批判曾经在"内部"引起过很大的波澜(我因此有幸在未成年的时候就从一期"大参考"上见到了"安东尼奥尼"这个伟大电影艺术家的名字)。根据韩素音的说法,这次批判的矛头其实另有所指:它指向的是她的传主,因为安东尼奥尼进入中国拍摄获得了他的批准。在传记之中,韩素音还提到了他的传主对西方古典音乐的兴趣。在巴黎的时候,他曾经带到访的朱德去音乐会听贝多芬的作品。这种兴趣后来自然也成为了他个人生活中的"污点"。

如果这些小事还不足以说明传主对西方的好感，不妨转向他对“人生大事”的态度。在第59页上，韩素音曾经提到她的传主与一位法国的部长的谈话。他谈到了他当年对法国人的印象。他说他注意到法国人非常宽容，没有种族歧视，不同种族之间的“通婚”司空见惯。而他1973年3月8日对外文出版社的“外国专家”的讲话更是语惊四座。在389页到390页之间，韩素音提到了这次讲话。她首先注意到她的传主批评林彪一伙比刘少奇造成的损失“更加严重”。这大概也是他的忏悔。接着他继续忏悔，对外国专家在过去一段时间里受到的不公正待遇表示歉意。在过去一段时间里几乎没有人敢跟外国人讲话，他认为，“这是完全不对的”。然后，他顺水推舟，将话题转到了“人生大事”上来。他激动地批评关于中国姑娘不愿意与外国人结婚的说法。“没有跨国的婚姻我们怎么能够对人道主义做出贡献？又怎么能够履行国际主义的义务?”他这样说。他这是将“人生大事”上升到了国家大事的高度，政治的高度。在这一点上，他无疑是走在了“改革开放”的前面。作为跨国婚姻的“产物”和“典范”，韩素音对她的传主的这种说法自然非常敏感。她提到她的传主在另外的一些场合也重复了这些说法。她提到这些说法令他墨守成规的同事们大吃一惊，也从来没有机会公开发表。

韩素音出版于1942年的第一本书就已经显露出了她的全部写作的"倾向性"。这本以她的第一次婚姻为脉络的书的最后一章题为"在中国的成年"。经过那么多个人、家庭以及天下的事变,韩素音在这本书的最后写道,她终于有了那种"成熟"的感觉。这时候,抗日战争还没有结束。这本书的"目的地"还不是"延安",而是"重庆"(书名是《目的地:重庆》,*Destination Chungking*)。但是,23岁的韩素音已经在书的最后号准了"一个新的时代"的脉搏:这个时代正好与她的"成熟"合拍或者说她的"成熟"正好与这个时代合拍。她的写作将成为这个时代的回音,也将成为这个时代的绝唱。

在她出版于1988年的法文自传《向日葵》(*Fleur de soleil*)的第91页上,韩素音提到她的第一任丈夫(国民党军官)在读完她的第一本书之后的"愤怒"。他指责她是共产党。韩素音为自己辩护,她说她只是在书的后半部批评了国民党政府的腐败无能(在书的前面如第六章的结尾处,她有许多对正在领导抗日的蒋介石的热情赞扬),她自己绝不是共产党。而在第93页上,她又进一步否认她的写作的"党性"。"我不是在为中国共产党写作,我从来都没有为中国共产党写作。"她争辩说,"我的写作完全只是为了中国(以及其他亚洲国家)。”

她的争辩似乎无济于事。她的“倾向性”成为了她的历史局限性。在《向日葵》(这贴切的书名充满了革命的浪漫主义色彩)出版之后的第二年,世界和中国都发生了激烈的动荡。标志着冷战时代的柏林墙垮掉了。她的写作面对的西方就像她的写作立足的中国一样将注意力转向了另外的(或者说相反的)方向。曾经生机勃勃的“向日葵”终于凋谢了。它不再能够与一个更新的时代合拍,不再能够吸引这个时代的审美趣味和终极关怀。她的写作也像她推崇的时代一样遭遇了现实的“重新评价”。

她应该知道,历史从来都是现实的应声虫。被颠倒过来的历史总是又有可能被颠倒过去。任何人物都无法抗拒“重新评价”的狂热和冲动,不管这些“重新评价”多么“愚蠢”。历史从来就没有“公论”。任性是历史的本性。

一个瞬间的两张照片

费正清用他的自传《息息相关的中国》(*Chinabound*)1982年第一版的第五章专门谈论史沫特莱。这一章的题目是"史沫特莱的中国"(Agnes Smedley's China)。读到这个题目,我立刻想到了那张萧伯纳在上海留下的著名照片。我相信它一定会在字里行间"出现"。

它果然"出现"在第74页顶部的那几行里。费正清引用了史沫特莱在萧伯纳到访的当天给他的信件中对这一事件不以为然的议论之后,开始议论这张照片。他提到了"几年前"他第一次见到这张照片时的感叹。这张照片曾经被收集在费正清与另外两位学者合著的《东亚：传统与转变》(*East Asia: Tradition and Transformation*)一书之中。那本书出版于 1973 年。因此，费正清第一次见到这张照片的时间应该是他的自传出版前十年的时候。出现在这张照片中的人物虽然同属社会名流，却分属"三教九流"。这"三教九流"罕见的"同流"令第一次见到这张照片的费正清大开眼界。差不多十年之后，他仍然为一张 1933 年拍摄于上海的照片能够容得下那么多"不同的"面孔而感慨万千。

事实上，关于那一个瞬间的照片应该容纳下"更多"不同的面孔。费正清在正文中提到这张照片的时候，说有"五"个人出现在照片里面。这与我的"先入之见"有很大的出入。在我的"先入之见"里，"同"一张照片里面出现的是"七"个人。为什么费正清会漏掉这张著名的照片里位置"居中"的那另外的两幅"面孔"？如果加上那两幅"面孔"，费正清第一次见到这张照片的时候，应该会有更复杂的感叹。正直和清明的费正清没有任何理由"无视"那两幅对他的立场不构成任何威胁的"面孔"。对这种"疏忽"唯一正确的解释应该是：他见到的是另外一张照片。也就是说，关于 1933 年 2 月 17 日中午的那同一个著名的瞬间还存在着另外一张"不同的"照片。

在第74页顶部的这一个自然段结束的地方出现的那个“星号”证实了这种解释。星号在第74页的底部带出一段有趣的脚注。费正清通过这个脚注告诉读者，在写下正文中关于这张照片的那些文字之后，他已经知道他看到的其实是一张不同的照片(或者准确地说，他看到的是照片原作经过“修正”后的版本)。照片的原作(也就是我的“先人之见”里的那个版本)是由杨杏佛拍摄的。与原作相比，费正清看到的版本左侧的人物没有遭受“修正”，他们依次是史沫特莱，萧伯纳和午餐会的女主人宋庆龄。而这个版本的右侧却只留下了“半壁江山”。站在原作前排几乎正中的蔡元培依然纹丝不动，而站在原作最右侧的鲁迅却悄悄从边缘向左移动，移到了蔡元培右侧的身后(也就是移到了靠近中心的位置)。经过这样的物理变化，原来站在蔡元培右侧身后(也就是蔡元培与鲁迅之间)的林语堂以及站在蔡元培正身后的艾萨克斯(Harold Issacs)自然也就无地自容了。他们“逻辑地”没有出现在费正清第一次见到的关于那一个著名的瞬间的照片之中。

费正清在脚注里提到这两个“被抹去的人”在照片的原作里分别站在女主人的左右侧，这说明他在写下这一段脚注的时候仍然没有见到照片的原作。他提到这原作当时悬挂在上海的鲁迅博物馆里。事实上，这原作也一直流传在外。它曾经出现在一些传记作品（如林太乙著的《林语堂传》）里。

在这段有趣的脚注里，费正清还提到他所见到的那张被修正的照片“最近”一次出现在《人民画报》（*China Pictorial*）1980年第11期的第40页上。一位澳大利亚的朋友在夏天搬家的时候正好留给了我一套1980年的《人民画报》。因此，我马上就可以欣赏到关于那同一个瞬间的这另外一张照片。照片是配合一篇介绍史沫特莱的文章刊出的。极具讽刺意味的是，就在这一期《人民画报》出版的前一个月，已经从麻省理工学院退休四年的著名政治学家艾萨克斯接受中国作家协会的邀请在他阔别三十多年的中国进行了两个星期的访问。他又一次走近了47年前的那次著名的午餐会的女主人。这时候，她已经是艾萨克斯“曾经”出现在那个瞬间的唯一健在的证人了。她的行动已经不太方便。他走近了她。他第一次亲吻了她华贵的面颊。他觉得她依然是那样的美丽和端庄。尽管几天之后就会在《人民画报》上刊出的关于那个瞬间的照片里不会有他的身影，他却清晰地记得在摄影者按下快门的那个遥远的瞬间，他就站在女主人身旁。将近半个世纪的烟尘掩盖不住令艾萨克斯肃然起敬的中国的美丽和端庄。

费正清在脚注的最后写道，艾萨克斯正在写作一段关于他自己为什么被化为“乌有”的说明。这说明后来就出现在艾萨克斯去世前一年（1985 年）出版的关于他一生之中最后的那一次中国之行的回忆之中。这部题为《在中国的重逢》（*Re-encounters in China*）的作品中有专门的一章题目叫做“被修正的照片”（The Doctored Photo）。

我无意中翻到的鲁迅日记又将刚刚被理清的局面复杂化了。在 1933 年 2 月 17 日的日记里，鲁迅记录的在“宋庆龄女士宅午餐”的“同席”者为“共七人”。而他在那七个人中包括了负责拍摄照片的杨杏佛。这样，他必然就漏掉了出现在照片中的那七个人中的一个。他漏掉的就是当时正在主办《中国论坛》（*China Forum*）的 23 岁的艾萨克斯。这是鲁迅的有意遗漏还是他的无意疏忽？更有趣的是，紧接着同席者的名单，鲁迅又提到“饭毕照相二枚”。这么说，在那个阳光明媚的中午，杨杏佛的确是拍下了两张照片？

用一把直尺和小学三年级的数学水平就可以测量出费正清在正文中提到的照片与他在脚注中提到的原作不可能是关于“两个”瞬间的两张照片，而只是关于“同一个”瞬间的两张不同的照片。将一个“反动文人”（林语堂将近半个世纪的属性）

和一个“托派分子”（托洛茨基曾经为艾萨克斯28岁时出版的成名之作《中国革命的悲剧》写长篇的序言）从这样一张相当进步的照片里面清洗出去基本上没有违背历史的“逻辑”。就这样，一个瞬间的历史不知道什么时候以及被什么人篡改了。被篡改的历史无疑也是一种历史，甚至是一种更深的历史。因为被篡改的历史更深化了我们对历史的感觉和认识。

对这个瞬间的照片最有发言权的也许是摄影者本人。他是经历了那一个瞬间却自愿站在那张照片之外的人。遗憾的是，他也成为经历过那个瞬间的八个人中第一个被历史“清洗”的人物。在他为这张照片按下快门的整整四个月之后的一个（6月18日）清早，一伙刺客冲到他的跟前。他们同时对准他的身体扣动了扳机。

费正清在自传的第75页详细地谈到了杨杏佛的遇害。那可能是他在30年代的中国经历过的最重要的事件之一。接下来，他的自传里出现了两段非常冲动的文字。对那惊人事件的痛苦思绪在费正清的笔下一直绵延了半个多世纪，最后触及到了我们所熟悉的现实。这坦诚的冲动让我们看到了一个与中国息息相关的历史学家对中国至深的感情。

同一部作品的不同版本(外一篇)

我从摄氏零下38度的室外走进摄氏零上20度的室内,在这家著名大学的图书馆里的一个阴暗的角落里坐下来。我翻开《托洛茨基备忘录》(*Cahiers Leon Trotsky*)1986年9月号。艾萨克斯最权威的"传记"就刊登在这本法文杂志的第110到111页上。它事实上是这家著名的政治杂志为这位"刚刚"去世的麻省理工学院著名的政治学退休教授发表的讣告。这篇只"摆事实"(而不"讲道理")的"传记"距离现在已经有20年了。

"中国",或者更准确地说,"中国的革命",是艾萨克斯与托洛茨基之间的桥梁。通过这结构复杂的桥梁,25岁的艾萨克斯走近了托洛茨基本人和他前途渺茫的事业。这时候,这个年轻人已经积攒了5年的中国经验:他主办过《中国论坛》杂志,他参加过中国民权同盟的工作,他编辑过"1918—1933"的中国短篇小说集,他结交过许多共产主义者和左派进步人士。最后,他怀着有点沮丧的心情走近了应该同样有点沮丧的托洛茨基。他们的友谊呈示在艾萨克斯于28岁那年出版的著名政论《中国革命的悲剧》一书之中。托洛茨基为这部反对"斯大林主义"的著作写下了长篇的序言。

费正清的自传中紧接着"史沫特莱的中国"的那一章题为"艾萨克斯与恐怖"。他在这一章里面回顾了艾萨克斯的成就以及30年代初艾萨克斯走向托洛茨基之前的那几年他们在中国的相处。题目中的"恐怖"虽然被定冠词限定,却有更丰富的意指。它应该囊括了两种颜色的"恐怖":一方面,尽管艾萨克斯与中国的革命家共同生活在"白色恐怖"之中,他的外籍身份却给他提供了特殊的保护;而另一方面,革命带来的"红色恐怖"却更深地困扰着这位左派青年的理智和激情。"红色恐怖"是艾萨克斯在《中国革命的悲剧》里所思考的重要问题。费正清将这部作品称为"经典"和"杰作"。他特别欣赏作者对这一出"悲剧"的解释:斯大林为自己(清除托洛茨基势力)的政治需要而功利地牺牲了中国的革命。

费正清写道,艾萨克斯是托洛茨基的“崇拜者”,但是,他不应该被称为是“托洛茨基分子”。这是他的权威评价。他说艾萨克斯永远都只是“艾萨克斯”。他对远离现实的学术追求不以为然。他的注意力总是朝向现实的问题和当前的问题。50年代之后,他自己也跻身到了学术圈中,成为“常春藤”小世界里罕见的“没有博士头衔”的教授。他继续保持着对学术的敌视态度。他的研究方向继续随着现实的变化而不断变化。他激进的风格和思想启发了许多学生的灵感。

《中国革命的悲剧》后来的版本也许正可以作为艾萨克斯不应该被称为是“托洛茨基分子”的一个很好的例证。《托洛茨基备忘录》中的那篇讣告将这部著名作品的第二个版本的出现和存在看成是艾萨克斯生活中的重要事件。“传记”作者认为,在这个出版于1951年的新版本中,艾萨克斯受冷战思维的影响对原作所作的“修正”损害了原作的质量。而这个新版本最显眼的特征无疑是去掉了托洛茨基为原作所写的长篇序言。这显然是令这篇传记作者相当痛心的冒失的动作。

在传记的最后,作者提到艾萨克斯在晚年变得宽容和谦和了。与这种变化相应,在《中国革命的悲剧》更新的版本中,他摆脱了冷战思维的影响，也表示了对托洛茨基的敬意。但是，原作中的长篇序言仍然没有在这个版本中“重现”。

“托洛茨基”再也没有以序言作者的身份回到《中国革命的悲剧》之中。如果我们用小人之心来猜度一下，这很有点“人走茶凉”的味道。但是，事情也许并没有这么庸俗。抹去托洛茨基的影响也许正好是艾萨克斯的“因势利导”。因为当年托洛茨基并不知道这个年轻人所谈论的“悲剧”会以那样惊天动地的方式进入高潮，他过时的引导也许会让读者迷失方向。

费正清在传记里没有提到《中国革命的悲剧》后来的版本。这如果不是他的疏忽，就应该是他的一种表白。他一定更看重最初的版本。因为它带给他的是历史，或者更准确点说，是历史中的现实，而不是现实中的历史。他大概不会同意我在前一篇文章中所说的“被篡改的历史无疑也是一种历史，甚至是一种更深的历史。”

致命的殊荣

一

这殊荣终于降临到了他的头上：1958 年 10 月 23 日，瑞典皇家文学院宣布将当年的诺贝尔文学奖授予苏联作家帕斯捷尔纳克，表彰他“对现代抒情诗歌以及俄罗斯小说伟大传统做出的杰出贡献”。皇家文学院特别强调评委会的评估是建立在得奖者的全部作品之上，而不是专注于某一部代表作。他们想通过淡化《日瓦格医生》的影响，降低这次颁奖的政治风险。《日瓦格医生》是帕斯捷尔纳克的代表作。11 个月之前，这部无法在自己的祖国出版的小说在意大利同时以意大利文和俄文出版，并且立即引起了巨大的轰动，迅速被译成了更多的文字。当瑞典皇家文学院作出决定之时，这完美地结合了“现代抒情诗歌”与“俄罗斯小说伟大传统”的作品正雄踞西方各国畅销书的榜首。

这是帕斯捷尔纳克等待了 12 年的殊荣。他的第一次提名是在 1946 年。而随后连续四年他每年都是呼声很高的竞争者。然后是 1953 年，然后是 1957 年。1957 年的获奖者加缪用自己的获奖来为落选的对手呐喊，再次提名他进入下一年度的竞争。经过 12 年来的 8 轮角逐，这殊荣终于降临到了他的头上。帕斯捷尔纳克马上给皇家文学院发去电报，欣然接受这在他想来也同样属于他的祖国的荣誉。他的电文是“无限的感激，骄傲，感动，惊喜，不知所措。”

但是电报发出几个小时之后，住在隔壁的苏联作家协会主席费定走进了帕斯捷尔纳克的书房。简短的谈话之后，费定独自从书房里走出来。正忙于准备家庭庆祝活动的女主人紧接着进去。她发现自己刚才“无限地感激和骄傲”的丈夫正瘫坐在沙发上，面无表情。费定的离去带走了帕斯捷尔纳克电文中的前四个形容词。祝贺的电话还在陆续打来，但是面对这终于降临的殊荣，只有“不知所措”可以准确地形容帕斯捷尔纳克的心境了。这时候，他已经清楚地知道他的祖国无意与他分享这份特殊的荣誉。

关于第二天发生了什么，我读过的几本帕斯捷尔纳克的传记都没有任何记载。第二天是沉默的一天。这是在准备爆发的沉默，又是在准备死亡的沉默。

第三天，沉默首先从专业一翼被打破。很有影响的《文学报》这一天发表了一篇题为《国际反动势力的挑战》的社论和一封口径统一的读者来信。《日瓦格医生》被定性为一个“堕落的”诗人对“十月革命的中伤”和“对社会主义的诬蔑”。与此同时，莫斯科的一些文学专业的大学生走上了街头，高喊“将叛徒（犹大）赶出苏联”的口号。

第四天的炮火来自制高点。一篇题为《围绕一部文学毒草的反革命叫嚣》的文章在《真理报》上发表。这篇署名文章的作者从早期作品入手，分析了帕斯捷尔纳克的“全部作品”，并且将他的创作全盘否定。特别值得注意的是，文章在攻击了诺贝尔文学奖的政治动机之后，为获奖者指明了唯一的出路：如果他还有苏联公民“最起码的良知”的话，就应该拒绝这“肮脏”的奖项。从这篇文章，帕斯捷尔纳克已经清楚地知道，这殊荣不仅不属于他的祖国，祖国还希望它同样不属于他自己。与这来自最高层的炮火相配合，更多的读者来信在各家报纸上发表。这密集的火力来自四面八方，来自各行各业。因为四天前降临的殊荣，帕斯捷尔纳克此时已经成为人民的公敌。

第五天，苏联作家联盟书记处召开紧急会议，声讨作家阵容里的“败类”。帕斯捷尔纳克不仅以缺席来维护自己的尊严，同时他还给会议写了一封措词强硬的信。他在信中为《日瓦格医生》辩解，并宣称自己无论如何也不会放弃刚刚获得的殊荣。他还提醒自己的同行不要仓促做出任何对他过火的决定以免今后“平反昭雪”的麻烦。紧急会议没有顾及这将来的麻烦，毫不犹豫地做出决定，将帕斯捷尔纳克开除出苏联作家联盟。这意味着帕斯捷尔纳克将不再能够用自己的名字在自己的祖国发表作品。

作家联盟的决定第二天见报。这是1958年10月28日，是诺贝尔奖的殊荣降临后的第六天。如果帕斯捷尔纳克继续坚持自己前一天信中的立场，等待他的只有两个对立的结果：或者“出去”（流亡）或者“进去”（坐牢）。这一天是帕斯捷尔纳克一生中最漫长的一天。他在这一天要做出他一生中最重大的决定。

《1930—1960：帕斯捷尔纳克的悲剧岁月》是传主的儿子为

他撰写的传记的第二部。传记作者在最后一章记录了随后的那天中午在街上自己与父亲相遇时的情形。他记录说，父亲头发花白，衣服脏乱，他几乎认不出来他了。

当儿子准备与父亲讨论一下越来越紧的风声时，面目全非的父亲告诉他说："现在一切都不重要了。"因为他清早已经给瑞典皇家文学院发出了获奖后的第二份电报：谢绝这殊荣的电报。他的电文是："考虑到我所属的社会对你们这个奖项的看法，我必须放弃这一我不配接受的荣誉。这是我的自愿放弃，请不要见怪。"

在做出这个实际上是生死攸关的决定之前，帕斯捷尔纳克没有征求任何人的意见。他对殊荣的放弃因此很像是出于"自愿"。他无疑相信这历史性的"自愿放弃"会结束六天以来外界的喧嚣和内心的狂躁。但是，他错了。

他完全错了。他没有想到祖国对他还有更进一步的要求。他没有想到自己会因此而陷入更深的狂躁。

二

史称"诺贝尔奖危机"的事件并没有因为帕斯捷尔纳克的谢绝而结束。在他发出谢绝电报的当天，《真理报》发表了一篇由六位苏联科学院院士署名的文章。文章高度赞扬瑞典皇家科学院将当年的诺贝尔物理学奖授予三位苏联科学家，认为这是客观公正的选择。而同时，文章再次严厉谴责当年的诺贝尔文学奖，认为将它授予这些科学家的同胞却充满了政治上的偏见和图谋。这"具体情况具体分析"的文风再现了辩证法的魅力。

自杀性的谢绝让帕斯捷尔纳克痛苦不堪。他马上想到了20世纪上半叶苦难的俄罗斯文学史上那些著名的前车之鉴，也想用自杀来结束自己的痛苦。但是，他的祖国及时发现了这一动向。祖国认为，作家用这种"快捷方式"来终结自己的痛苦等于是"从背后"再给苏维埃政权一刀。"有关方面"运筹帷幄，巧妙地利用帕斯捷尔纳克最亲近的人，制止了他对祖国的另一次"行刺"。痛苦不堪的作家在当时给表妹的一封信中无可奈何地写道："现在最好的事就是死，但是我也许不应该亲手来实现它。"

而同时，不允许他走上绝路的祖国对他还有更进一步的要求。他最亲近的人带来了针对他的"最高指示"：仅仅放弃诺贝尔文学奖是不够的，他还必须向祖国和人民公开悔过。很快，一份由组织上代写的"悔过书"摆在了帕斯捷尔纳克的眼前。

他无法接受其中那些“自我”诋毁的文字，拒绝在上面签字。而接踵而至的第二份“悔过书”更具侮辱性。帕斯捷尔纳克却不得不在那上面签下自己的名字。因为这时候，苏联作家联盟已经“一致通过”给苏维埃最高法院的请愿信，吁请执法机关剥夺他的公民权，将他立即驱逐出境。刚刚谢绝了殊荣的作家已经别无选择。他的“悔过书”于11月6日在《真理报》上发表。

帕斯捷尔纳克“悔过书”的公开发表标志着历时14天的“诺贝尔奖危机”的正式结束。通过“自愿”的放弃和公开的“悔过”，帕斯捷尔纳克已经被成功地转化成了“次要矛盾”。他的名字迅速从苏联的媒体里消失。怒不可遏的文学界突然变得风平浪静。很清楚，他的祖国并不想让他作为举世瞩目的头号异己而出尽风头。

一个有趣的问题是，帕斯捷尔纳克精通多种西方语言，年轻时在德国留学，有多年西方生活的经验，而他的代表作又正雄踞西方畅销书榜的榜首，正在同时丰收社会效益和经济效益，他不堪皮肉之苦，害怕“进去”似乎不难理解，但是他为什么还害怕“出去”，害怕被剥夺国籍，被驱逐出境呢？

对祖国的信念也许是他这种恐惧的部分原因。他的日瓦格医生认为：“一个成熟的人必须咬紧牙关，与他的祖国同患难。”这大概也是作家本人的信念；而年龄和健康也应该是值得考虑的因素：帕斯捷尔纳克此时已经68岁，并且顽症缠身，他应该已经没有再去西方“潇洒走一回”的精力和兴致。

但是，最重要的原因无疑是他公开的隐私。事实上，在给瑞典发去谢绝电报的同时，帕斯捷尔纳克还发出了另外一份电报。电报的收件人是苏联共产党中央委员会。电报的电文是：“已经放弃诺贝尔奖。让伊文丝卡娅重新工作。”很显然，帕斯捷尔纳克这是在用难得的诺贝尔文学奖与强硬的苏维埃最高当局进行交易。他想用震惊世界的畏缩换取令他心安理得的恩惠。

伊文丝卡娅是晚年帕斯捷尔纳克最亲近的人。她在34岁那年走进56岁的帕斯捷尔纳克的生活，不仅成为他的代表作中女主人公的原型，而且成为他日常生活中的支柱。但是，进入“帕斯捷尔纳克的悲剧岁月”，这位才貌双全的女性自己的生活也就变成了悲剧。因为他们的关系，伊文丝卡娅失去了在著名出版社做编辑和翻译的公职。她的社会角色被简化成了当局对帕斯捷尔纳克实施调控的“按钮”。在帕斯捷尔纳克刚开始写作《日瓦格医生》的时候，37岁的伊文丝卡娅突然被捕，并被判处5年的徒刑。当时她正怀着帕斯捷尔纳克的孩子（孩子后来死在劳改营里）。而在“诺贝尔奖危机”中，她继续接受组织的指令，与祖国步调一致，在防止帕斯捷尔纳克自杀和促成帕斯捷尔纳克悔过等重要环节上发挥了特殊的作用。很多年以后，她对自己发挥的这种历史作用深感内疚。

帕斯捷尔纳克准备为自由抛弃生命，但是却不愿意为自由而抛弃爱情。他知道自己被驱逐出境之后，不仅要忍受与最亲近的人天各一方的痛苦，而且他最亲近的人还肯定会再次遭受“进去”的折磨。对这两种后果的想象都令作家心惊胆战。因此，向祖国和人民低下“高贵的头颅”成了他唯一的出路。

“诺贝尔奖危机”结束之后，帕斯捷尔纳克马上积极行动，准备与伊文丝卡娅私奔到一座偏远城市，让用自由换来的爱情不仅有文学的美感，而且有世俗的名分。但是在出发的一刻，帕斯捷尔纳克突然失去了勇气：“自愿”放弃诺贝尔奖的作家最后还是不愿放弃自己的第二次婚姻（他说他“不想伤害没有过错的人”）。饱经磨难的伊文丝卡娅终于没有机会肩挑起“第三任帕斯捷尔纳克夫人”的大任。

获得诺贝尔文学奖使帕斯捷尔纳克失去了一切。在随后的日子里他为自己的谢绝和悔过而痛苦难当。他做过两次引人注目的抗争：在伦敦的报纸上发表了一次牢骚满腹的访谈，在纽约的报纸上发表了一首怨声载道的诗歌（诗歌题为《诺贝尔奖》)。但是,这两次抗争都是虎头蛇尾,都以他闹剧似的辩解而草草收场。

1960年5月30日,也就是在他谢绝诺贝尔文学奖17个月之后,70岁的帕斯捷尔纳克悄然谢世。这一年一开始就对文学杀气腾腾。1月4日,47岁的加缪在回巴黎的途中因车祸丧生。加缪在帕斯捷尔纳克前一年获奖,并且极力促成他紧随其后获奖。他们的获奖与离世相距如此之近,却又形成了强烈的对照:关于帕斯捷尔纳克的死因,尽管历史和常识会得出"非常"的结论,他的死亡证明书上注明的却只是司空见惯的"癌症和心脏病"。也就是说,帕斯捷尔纳克死得"正常"。从年龄上看,他的死也完全可以被定性为"正寝"。而加缪不仅死于意外,他的死也是毫无争议的"夭折"。但是,夭折的加缪带走了永远的殊荣,而陪葬帕斯捷尔纳克的却只是无限的遗憾。

帕斯捷尔纳克的谢世使伊文丝卡娅失去了再利用的价值。而没有与帕斯捷尔纳克名义上的关系又使伊文丝卡娅毫无保护。几个月之后,她被以"倒卖外币罪"再一次被捕,并被判处8年徒刑(这一次与她一起被捕和判刑的还有她的女儿:她的同案犯)。

伊文丝卡娅在劳改4年之后获释。她一直活到了"新思维"的年代,活到了她的祖国和人民以她的爱人而自豪的年代。

坎坷的殊荣

一

1945 年 2 月 9 日，正在前线等待下一步作战计划的索尔仁尼琴突然接到命令，要他火速回旅部报到。他所在的旅是苏联红军大举反攻的先锋，此时已经逼近波兰北部的边境。索尔仁尼琴 8 个月之前刚刚晋升为上尉。他踌躇满志，正幻想在历史的广阔天地里大有作为。

但是，残酷的现实与他的幻想完全相悖。当索尔仁尼琴带着对新任务的期待走进旅长（准将）指挥部的时候，他首先被解除了武装。接着，两位他从没有见过的军官（一位上尉和一位上校）用严厉的声音向他宣布："你被捕了！"

这是对20世纪文学史做出了最大贡献的拘捕。1973年12月28日，也就是这次拘捕将近29年之后，正在厨房里用午餐的索尔仁尼琴从一家西方电台的新闻节目里得知了自己的《古拉格群岛》第一卷在巴黎出版的消息。小说主人公被捕的场面就出现在这部轰动世界的文学作品之中。当这位主人公询问自己被捕的原因时，准将抢先问他，是不是有一个朋友在乌克兰前线。准将显然是在暗示自己器重的下属，他希望他能给出否定的回答。准将的暗示使小说主人公隐约意识到自己与朋友之间那些畅所欲言的通信已经被有关方面锁定。但是，他来不及为自己开脱了。像在场的所有人一样，他被那两位陌生的军官对准将的咆哮怔住了。来势汹汹的军官斥责军衔高出他们的准将，称他"没有权利"向被捕者透露被捕的原因。

与这位轰动世界的小说主人公一样，27岁的索尔仁尼琴被不明不白地带离了历史的广阔天地。他没有能够在风华正茂之年一展抱负，与他的战友们一起攻入大势已去的德国，炫耀"追穷寇"的"剩勇"。

在索尔仁尼琴被带走的一刻，准将再一次无视军规，与他握手，并祝他一路平安。这仗义的举动成了维系索尔仁尼琴生命的“星星之火”。

这星星之火伴随索尔仁尼琴度过了随后漫长的苦难岁月，并且使他最终得以“燎原”。1962年，他的处女作经赫鲁晓夫的恩准，由苏联最大的出版社出版。随这首战告捷而来的是一浪高过一浪的轰动。在被带离二战前线将近20年之后，索尔仁尼琴通过他的文学走上了冷战的前线。他对几乎将他摧毁的专制制度进行大举反攻。这反攻如同他当年参与（却被迫半途而废）的对法西斯的反攻一样势不可挡。他很快成为了冷战时代最受西方关注的“持不同政见者”。他的每一部作品都能令冷战升级，而他的名声又随着冷战的升级而暴涨。1969年春天，以莫利亚克为首的50位法国作家提名他为当年的诺贝尔文学奖候选人。索尔仁尼琴以不可思议的速度和实力逼近了他在劳改营里（当时他还没有发表过一个字）第一次听说并且开始梦想获得的殊荣。

这殊荣的逼近使他的“祖国”又一次面临着严峻的考验。准确地说，应该是使他的“祖国”面临着“更加”严峻的考验。事情非常清楚，一旦被授予诺贝尔奖，这位曾经在战场上视死如归，又曾经在劳改营和流放地垂死挣扎，还曾经从“癌病房”死里逃生的斗士肯定不会像11年前的那位懦弱的诗人（帕斯捷尔纳克）一样通过“自愿”的放弃来苟且偷安。面对这样的“莽汉”，他的“祖国”改变战术，以攻为守，抢在瑞典皇家学院做出决定之前，宣布将当年呼声最高的候选人逐出苏联作家协会，剥夺了他合法的“作家”身份。

在他最权威的英文传记的作者看来，“祖国”的这种主动出击是索尔仁尼琴错失 1969 年诺贝尔文学奖的关键，因为瑞典皇家学院无意让自己高贵的决定降格为粗俗的“对台戏”，令世人耻笑。当年的殊荣最后被转让给了《等待戈多》的作者。

然而，对索尔仁尼琴来说，诺贝尔文学奖已经不再是贝克特名作中的“戈多”。他的等待已经不会再遭遇太多荒谬的悬念。

第二年（1970 年）的 10 月 8 日，索尔仁尼琴从一位朋友打来的电话里听到了自己获得诺贝尔文学奖的消息。这不太意外的消息多少还是令他难以置信。当时他隐居在大提琴家罗斯托波维奇的别墅里，正全力以赴，向新作《1914 年 8 月》的结尾冲刺。他开始并不想马上做出反应。但是，一小时之后，罗斯托波维奇本人打来电话，证实消息来源确凿，并且敦促他尽快做出反应。

久经沙场的索尔仁尼琴当然知道这确凿的消息立刻会成为冷战中的热点。他迅速写下了自己的第一份声明：“获奖令我感激。我接收这笔奖金。我将按惯例前往领奖。我很健康。我的健康状况不会是这次旅行的障碍。”他的态度明确坚定。他的战术简单实用。他提前粉碎了自己的祖国用臭名昭著的“健康状况”来阻止他登上圣殿的可能。

两天之后,索尔仁尼琴收到了瑞典皇家学院的正式电报。电报证实他因为“追寻俄罗斯文学传统不可或缺的道德力量”而被授予当年的诺贝尔文学奖。而在回电中,索尔仁尼琴除了重申自己在第一份声明中已经表达过的决心(也就是他不会因任何理由“放弃”这份殊荣),还附和正式的“获奖理由”,强调他个人的殊荣属于整个俄罗斯文学以及俄罗斯“苦难的历史”。

索尔仁尼琴为俄罗斯历史选用的形容词极为露骨。它显然是对幸福无比的社会主义祖国的公然挑衅。这种挑衅立刻遭遇到了他的祖国和人民最强烈的反应。与11年前的帕斯捷尔纳克一样,索尔仁尼琴因为获得诺贝尔文学奖而成为了“祖国的叛徒”和“人民的公敌”。

二

索尔仁尼琴的获奖不仅震怒了他的祖国,搅浑了已经被“布拉格之春”、“五月风暴”以及“越南战争”等等重大事件搅浑了的天下，还彻底激化了他的家庭矛盾。殊荣降临之际，索尔仁尼琴的家庭已处在崩溃的边缘。他想与一个娜塔莉离婚，与另一个娜塔莉结婚（一个有趣的现象：俄国文学史上有好几位知名作家的妻子与情人同名）。他已经在这两个年龄相差22岁的娜塔莉之间周旋了几年的时间。

作为妻子的娜塔莉以为获奖者的身份会让已经与另一个娜塔莉同居的丈夫痛改前非。她以托尔斯泰悲剧性的婚姻为先例。那位向往平民生活的伯爵一直坚守到了82岁的高龄，到了生命结束之前的最后两天，才冲破婚姻的牢笼，偷偷离家出走。然而，残酷的现实又与先例相悖：新的身份不仅没有让索尔仁尼琴"痛改前非"，反而加快了他想将另一个娜塔莉"扶正"的步伐。绝望的妻子终于痛不欲生，毅然吞服了过量的安眠药。这一壮举险些给已经一波三折的1970年诺贝尔文学奖再搭上一条无辜的人命。

顶住了江湖上惊涛骇浪的"莽汉"终于没有顶住后院的骚动与喧嚣。索尔仁尼琴不"想"与名义上的妻子共享殊荣，又不"能"与实际上的爱人同往圣殿。这尴尬的处境使他的立场发生了戏剧性的变化。因为来不及在领奖之前"破旧立新"，他放弃了前往斯德哥尔摩的初衷。

这一微妙变化使1970年诺贝尔文学奖的颁发成为难题。解决这一难题的合理方案是将颁奖的地点改在苏联境内的瑞典“领土”，也就是瑞典驻苏联大使馆内。瑞典皇家学院的这一建议被瑞典驻苏联大使勉强接受。他同意在自己的辖区范围内颁奖，但是却提出了一个奇特的附加条件：不能举行任何形式的颁奖仪式。大使给出的理由是大使馆“场地有限”。而索尔仁尼琴本人认为，获得诺贝尔文学奖不是见不得人的丑事。他坚决要求举行传统的颁奖仪式。双方的拒不妥协最终使1970年的诺贝尔文学奖不能如期颁发和领取。

“场地有限”当然是瑞典大使的借口。真正的理由是这位老牌政客不想得罪苏联当局。因为他正觊觎着下一任联合国秘书长的职位，苏联的否决权可以轻而易举地毁灭他的前程。谨慎的瑞典大使几个月之后果然如愿以偿，顺利当选为联合国秘书长。而他的谨慎酿成了迄今为止最难颁发和领取的诺贝尔文学奖，创下了诺贝尔奖获奖决定与颁奖仪式之间时差的纪录。

1973年12月28日从西方电台传来的消息(《古拉格群岛》第一卷在巴黎的出版)决定了索尔仁尼琴今后的命运。45天之后(1974年2月12日)，他被警察从新妻子娜塔莉的公寓里带走。经过象征性的审讯之后，审讯者于第二天向他宣读了苏维埃最高法院的决定。因为他的一系列与苏联公民身份不相称以及对国家构成危害的行为，最高法院决定剥夺他的苏联国籍，并于“当天”(2月13日)将他驱逐出苏联边境。

这位头戴桂冠的难民首先被西德政府收留。而有趣的是，西德当局也仅比索尔仁尼琴本人提前一天获悉他将被“祖国”驱逐出境的消息(这将是轰动世界的头条新闻)。当时西德总理正在举行内阁会议，他的秘书将他叫出来，告知苏联当局询问他们是否愿意接收即将被驱逐的索尔仁尼琴。总理略加思索，表示同意，并让秘书马上落实具体的细节。

而索尔仁尼琴本人并不知道自己的去向。听完最高法院的决定，索尔仁尼琴被押回牢房。他想与新妻子同行和见面的要求都被断然拒绝。他啃了几口面包之后，被直接“押送”莫斯科国际机场。七名克格勃官员和一名医生陪同他坐进了专门留给他们的头等舱位。这班飞机因为等待这一批特殊的乘客而延迟了起飞的时间。机长向早已经登机的其他乘客解释说，推迟起飞是因为空中有“雾”。这无伤大雅的谎言正好是这一“突发事件”很贴切的隐喻。

经过2小时30分钟的飞行，将索尔仁尼琴送出苏联的飞机在西德首都波恩降落。在机舱的门口，一位克格勃官员递给索尔仁尼琴500德国马克,那是他的祖国送给他的“告别礼”。接着,这位29年前没有能够随他的战友攻入德国的红军上尉作为冷战中的英雄孤身踏上了德国的领土。一位地勤人员给他献上一支玫瑰花。接着,西德外交部长的代表陪同他坐进一辆轿车。轿车直接驶向波恩近郊的一幢别墅。那是1972年诺贝尔文学奖获得者波尔的住地。稍事休息之后,索尔仁尼琴将在那位比他晚两年获奖却早两年领奖的德语作家的陪同下首次在西方媒体前亮相。

1974年12月,瑞典皇家学院在斯德哥尔摩为索尔仁尼琴举行了1970年诺贝尔文学奖的颁奖仪式。至此,冷战中的这一热点终于化作历史的烟尘。

1970年被授予诺贝尔文学奖的时候,索尔仁尼琴最重要的作品已经完成却还没有出版。从这个意义上说,他应该是诺贝尔文学奖历史上唯一有可能“两次”获奖的作家。推迟的颁奖将这种“可能性”变相兑现,也使他四年前的获奖理由显得更为贴切。当索尔仁尼琴1974年站在诺贝尔文学奖领奖台上的时候,他已经是《古拉格群岛》的作者。这部轰动世界的作品使浓缩着俄罗斯“苦难历史”的“古拉格”进入了世界上所有主要语言的词典,变成了全人类对20世纪的共同记忆。

语言，蝴蝶和彩色的螺旋

文学本来是与家园和母语密不可分的事业。但是，以各种冠冕堂皇的名义质疑作家身份的20世纪不仅让历史悠久的“流放”继续成为一些作家别无选择的厄运，同时让名噪一时的“流亡”成为了不少作家义无反顾的归宿。这被迫与自愿的人才流动造就了一个以母语之外的语言写作的作家群体，在20世纪的文学史上留下了特殊而醒目的痕迹。在这个群体中，由波兰语转道法语抵达英语的康拉德，由英语直达法语的贝克特以及由俄语同时向英语和法语挺进最后雄踞英语的纳博科夫表现最为突出，他们通过语言的“变节”而成为了文学史上永垂不朽的大家。

在他著名的随笔《为了取悦一个影子》的一开始，1987 年的诺贝尔奖获得者布罗茨基总结了这三位文学巨匠“求助于母语之外的语言”的不同理由。在他看来，康拉德这样做是出于“需要”，贝克特这样做是想寻求与现实“更大的疏离”，而纳博科夫的理由则是出于“燃烧的野心”。根据这种总结，纳博科夫的“变节”显然最为奢侈。（附带说一句，纳博科夫的同胞及同乡布罗茨基本人是这个“变节”者名单上的第四号人物。在 32 岁被流放到西方世界时，他的英语水平还只是斑驳的皮毛，而到 47 岁站立在诺贝尔领奖台上时，他那高傲而深邃的随笔已经成为英语文学中最受同行尊敬的血脉。他宣称自己的“变节”仅仅是为了取悦一个影子，他心目中 20 世纪最伟大的诗人奥登的影子。）

事实上，英语并不能完全说是纳博科夫“母语之外的语言”。在 1964 年的一次访谈中，纳博科夫称自己是“拥有一个巨大书房的家庭中的极为正常的讲三种语言的孩子。”（这句话像他的许多话一样自相矛盾，因为能“讲三种语言”在任何地方都不应该算是“极为正常”）他的一位传记作者曾经对纳博科夫的语言进行了市场细分，称他“在餐桌上讲法语，在儿童室里讲英语，而在其他地方讲俄语”。从这个意义上说，像俄语一样，英语和法语都可以视为是纳博科夫的母语。他的父母用这三种语言与他交谈。在他的回忆录《说吧，记忆》的第十章中，纳博科夫用一段特殊的“记忆”来说明自己成长于其中的特殊的语言环境。11 岁在柏林治病时，他的父母前来看望他。一天晚上，纳博科夫与他的父亲谈起自己一想到女性的形体就会有躁动不安的感觉。他不理解这是为什么。当时他的父亲正在翻读“德语”的报纸，他用“英语”向自己的孩子解释说，这不过是自然界里无数荒唐的联系之中的一种，就像羞耻会导致脸红，悲伤会引起眼泪一样。说到这里，他转而用“法语”对他的妻子说：“托尔斯泰去世了。”这显然是他刚从“德语”报纸上读到的消息。听到这消息，纳博科夫的母亲感觉到世界末日已经迫在眉睫，她用“俄语”惊叫道：“天啊，我们该回家了。”

90 年代初由普林斯顿大学出版社出版的纳博科夫传记分《俄国岁月》和《美国岁月》两大卷出版。它内容一丝不苟，论断通情达理，文笔沁人心脾，公认是纳博科夫最权威的传记。传记作者波依德提到了 11 岁的纳博科夫另外一段与语言和异性有关的经历。纳博科夫当时已经在翻译一部英文小说，那部小说中有不少关于女性身体的详细描写。而他不仅不是将小说翻译成他的母语，也不是将小说翻译成小说。令人不可思议的是，他将这部英文小说翻译成“法文诗歌”。（这种语言的天赋让我想起与纳博科夫同年出生的博尔赫斯，他鲜为人知的处女作是他 7 岁时用英文写的一份希腊神话的提要，而他的“作品二号”是他 8 岁那年翻译的王尔德的《快乐王子》。）集三种语言于一身的纳博科夫经常在中学时代的俄语作文中加入英语和法语的词句，因此得到了“好卖弄”的坏名声。

纳博科夫出生于 1899 年 4 月。他的家庭是十月革命之前俄国最显赫的家庭之一。他的爷爷是两位沙皇（亚历山大二世和三世）期间的司法部长。他的父亲也是著名的政治家，最后也在被布尔什维克革命推翻的临时政府中担任过司法部长，据说特别为托洛茨基所不齿。作为坚定的自由主义者，纳博科夫的父亲同情贫困，向往正义，并曾因参与“反政府的”示威而遭沙皇的监禁。不过，他却终身执迷于贵族的生活习气，据说连他的衬衫都要专门送到伦敦去洗熨。纳博科夫的母亲也同样出自名门。他的外祖父通过开采矿山积累了巨大的财富，而他的外祖母与知识界的权威有血缘上的联系。这样一个显赫的家庭自然会有许多枝节的故事。在 60 年代中的一天（也是他名声如日中天之时），一向对家庭的隐私讳莫如深的纳博科夫突然对他的第一位传记作者费尔德严肃地说道："是的，有时候我觉得自己的身体里流淌着彼得大帝的血。"这著名的"肺腑之言"暗示他的父亲可能有更为高贵的出身，也为纳博科夫的血统布下了不解之谜。

充实的精神和奢侈的物质的完美结合是纳博科夫一生长达20年的"俄国时期"的特色。在父亲巨大的书房里，纳博科夫邂逅过无数名垂青史的先贤；而通过社会通达的网络，纳博科夫又亲历过不少货真价实的圣哲。托尔斯泰抚摸过他的头发。曼德尔施塔姆毕业于他就读的中学，并且为他朗读过诗歌。传记作家格蕾逊将"语言的丰富"和"视觉的敏感"归结为纳博科夫为自己打开文学圣殿的两把钥匙。这后一把钥匙也与"社会存在"难舍难分。纳博科夫的母亲不仅在他的睡床旁用英语为他讲读故事，还经常让年幼的纳博科夫观赏和摆弄她琳琅满目的首饰。纳博科夫自信是这后一种别有用心的熏陶成就了他"视觉的敏感"。（这些首饰不仅有虚幻的美感，还有实际的功用。纳博科夫在1919年7月写给他的一位家庭教师的信中说，是他母亲用首饰支付了他在剑桥读书的三年的学费。）

事实上，"视觉的敏感"与纳博科夫除语言之外的另一种"至爱"也应该有密切的关系。纳博科夫7岁那年在百忙的父亲的引导下迷上了蝴蝶。1908 年在被监禁期间，他的父亲收到过一封偷偷带进监狱的家信，里面有 9 岁的纳博科夫最新采集的蝴蝶标本以及他对父亲最新采集的询问。在偷偷带出监狱的便条中，大为感动的父亲如实地告诉他充满幻想的儿子："在监狱的院子里没有蝴蝶。"追寻蝴蝶不仅成为了纳博科夫终生不渝的迷恋，还一度成为他赖以为生的职业。他刚到美国的第二年就被聘为哈佛大学比较动物博物馆的昆虫学研究员。在 49 岁那年成为康奈尔大学正式的文学教授之前，纳博科夫兼有科学家、作家及教师三重身份（靠这三份微薄的收入他才足以养家糊口）。而他晚年未酬的壮志是编写一部关于欧洲蝴蝶的大作。在 1963 年的一次采访中，谈及他与蝴蝶的关系，纳博科夫又一次说出了耸人听闻的句子："是它们选择了我，而不是我选择了它们。"也就是说，蝴蝶是他的宿命的一部分。就像琳琅满目的首饰一样，五彩缤纷的蝴蝶也宿命地雕琢和满足了纳博科夫"视觉的敏感"。

在他养尊处优的"俄国时期"，除了经常在欧洲度假之外，纳博科夫主要的生存空间是他们家在圣彼得堡市中心的豪宅以及他们家在圣彼得堡郊外的别墅。这豪宅和别墅与当今房地产广告"隆重推出"的品种不可同日而语。纳博科夫 5 岁那年，沙皇时代著名的首届全国行政代表大会（俄罗斯国家杜马的前身）的闭幕式在他们家的豪宅里举行。而他们家的别墅在二次世界大战中曾经被德军用来做东部前线的总指挥部。更重要的是，纳博科夫本人 17 岁那年从他的舅舅那里继承了包括一座豪宅，一座两千公顷的庄园以及一大笔现金在内的巨额遗产，未到法定的年纪就成为了法定的巨富。当时他正在初恋和热恋。他用自己的钱将自己的情诗印制出来（印了 500 册）在亲友中散发。那是纳博科夫最早的出版物。

但是，十月革命一声炮响，结束了纳博科夫不劳而获的“俄国时期”。1919 年 3 月，反布尔什维克的武装在克里米亚被彻底挫败。绝望的纳博科夫一家在著名的塞波斯托港口挤上了一艘名为“希望”号的货轮，在接踵而至的红军的子弹的“护送”下踏上了不归之路。如果不是求助于差不多 40 年之后纳博科夫用母语之外的语言虚构的那个 12 岁的美国少女，这显赫的家世大概从此就变成了如烟的往事。是名垂青史的“洛丽塔”在前苏联解体之后将纳博科夫一家带回了他们在圣彼得堡的故居。那里的一个很小的角落现在变成了一个名为“纳博科夫博物馆”的旅游景点。

2001 年出版的《怀旧的未来》一书在西方文学批评界中有

过不小的影响。在这本从“怀旧”的角度讨论文学作品的书中有关于纳博科夫的专门一章(题为“纳博科夫的假护照”)。作者是纳博科夫的同胞,哈佛大学斯拉夫语和比较文学的教授。她在这一章中提到了纳博科夫家的门房。在《说吧,记忆》一书中那门房是纳博科夫初恋时的信使。后来,他成了带领红军找到他们家保险柜的向导。门房的后人近年与博物馆联系,想将他们占有的纳博科夫家的物品卖回原处,但是博物馆却没有能力做成这笔怀旧的买卖。这篇文章中还提到了对纳博科夫的创作有深远影响的他的初恋情人的下落:她留在了红色的祖国,并且嫁给了一名“契卡”(克格勃的前身)的干部。

1919 年 5 月,纳博科夫一家逃到了伦敦。他们离父亲从前的洗衣店近了,却离他们习惯的安逸和奢侈远了。纳博科夫长达 20 年的第一次“欧洲时期”从他的三年剑桥生活开始。据波伊德的记载,纳博科夫在剑桥的生活仍然比较舒适。他住在剑桥著名的公寓里。他隔壁的房间里住的是电子的发现者汤姆逊,斜对的房间是四百年前牛顿的住处。他在求学的同时还积攒了更多恋爱的经验。可是,这舒适和平静被另一场悲剧打破。在纳博科夫毕业的前夕,他们家已经迁居俄国流亡者云集的柏林。他的父亲仍然积极参与政治活动。在一次由他主持的政治集会上，他用身体挡住了一个无政府主义者射向自己的政敌的子弹，从而结束了他向往自由的一生。

毕业之后，纳博科夫也回到了柏林。他靠教授英语，俄语，网球和拳击为生，开始了自食其力的生活。1925 年，这个 30 年后将用“母语之外的语言”冲击人们的性观念的破落贵族青年走进了他自己的婚姻。经历过少数证据确凿和少数查无实据的绯闻之后，这婚姻仍无大恙，它一直陪护着纳博科夫走到了生命的尽头。最重要的是，纳博科夫在这个时期第一次获得了他向往已久的作家身份。他开始用俄语写作，很快以笔名“希睿”(Sirin)成为俄国流亡文学的名家。

但是，苏维埃的日渐强大极大地限制了俄国难民的文化扩张。而因为他的妻子是犹太人，法西斯的猖獗更是直接威胁到了纳博科夫的生存空间。在两股对立势力的共同挤压之下，纳博科夫终于不得不带着妻儿离开柏林。他们在巴黎暂住了一段，等待他们的“假护照”。最后在纳粹的铁蹄接近凯旋门的时候，纳博科夫又开始了他的第二次逃亡。

与 20 年前的那一次逃亡相比，这一次，他已经是丈夫和父亲；这一次，他已经在俄罗斯的流亡文学中占有了一席之地；这一次，他几乎是身无分文；这一次，他的行李中已经有自己的两部俄文小说以及他的回忆录《这是我》(《说吧,记忆》最初的版本)的英文译稿;更重要的是,这一次,他携带着一笔奇特的精神财富:一年前(1939年),纳博科夫突然有了一个古怪的构思。他想用俄语写一部关于道德和欲望相冲突的中篇小说,小说中的男主人公结婚的目的是为了成为他妻子的女儿的继父,因为他对那个少女充满了幻想。

同样长达20年的"美国时期"使纳博科夫成为了我们所熟悉的纳博科夫。但是,要成为我们所熟悉的纳博科夫却并不是一件轻而易举的事情。一方面,为了养家糊口,纳博科夫必须用极度的耐心来压制"燃烧的野心"。另一方面,刚刚登上"新大陆"的纳博科夫又一次遇到了与"身份"有关的老问题:他的身上背负着俄罗斯文学的伟大成就,但是这昨天的荣耀却很容易变成今天的负担。他自己已经在俄国流亡者中建立起了响亮的名声,但是这旧世界的资本却无法兑换成新大陆的通货。他到底要用什么以及怎样去征服那些对俄罗斯的文学和他自己的光荣一无所知的美国读者呢?

他首先必须果断地完成一次文学的自杀,一次痛苦的"破",然后他又不得不顺利地完成一次语言的"宫外孕",一次同样痛苦的"立"。于是,那个名为"希睿"的著名俄语流亡作家从此销声匿迹了，而中年的英语作家“纳博科夫”开始崭露头角。万幸的是，1950 年，在他的第二次流亡生活基本上安定下来之后，纳博科夫想到了 10 年前他已经用俄语写出的那部构思古怪的中篇小说的提纲。“燃烧的野心”让他决定用英语将它写成一部长篇小说。很快完成的第一稿令纳博科夫极度失望，几乎被他付之一炬。而他于 1953 年完成的定稿，不仅没有能够如愿在《纽约客》上连载，而且直接在美国出版的可能性也微乎其微。

1955 年，《洛丽塔》的初版在法国出版。市场最初的反应几乎是悄无声息。但是，小说很快被英国大作家格林发现，他在《星期日泰晤士报》上将它列为 1955 年最好的三本书之一。这重大的发现将《洛丽塔》推上了登峰造极之路。3 年之后，《洛丽塔》终于回到了自己的故乡，在美国正式出版。50 年代后期的美国，朝鲜战争已经结束，令知识界诚惶诚恐的麦卡锡主义也已经降温。在艾森豪威尔治下，人民正安居乐业，休养生息。突然，从一位俄裔教授写的小说里走出了一个 12 岁的小精灵和一个因她犯罪，对她犯罪又为她犯罪的老继父。所有人都有点沉不住气了。《洛丽塔》的出版抢走了已经在《纽约时报》畅销书版上雄踞近 30 个星期的《日瓦格医生》的风头。它成为了

1958 年美国最重要的文化事件。它成为了影响 20 世纪下半页美国社会的“历史事件”。

这历史事件引起的轩然大波终于又将纳博科夫带回到了富裕的生活之中。与 40 年前不劳而获的优裕相比，这一次当然是劳动致富。“夕拾朝花”的纳博科夫又一次不能安于现状了。尽管他在康奈尔有相对的自由和迷人的作为（他的学生中出了像品钦这样的大家。他给研究生出的论文偏题“分析福楼拜小说中‘和’字的用法”让人津津乐道。他的讲稿成为他死后出版的名著），纳博科夫还是决定再一次告别。1959 年 1 月，将近 60 岁的纳博科夫在康奈尔大学教完了他的最后一课。他将自己的作品掀起的狂澜置于脑后，带着鼎盛的名声和丰厚的版税，到阿尔卑斯山里捉蝴蝶去了。

纳博科夫的第二次“欧洲时期”在中立和低税的瑞士度过。他在这里以大师的身份接受采访，回忆过去的荣辱，评判文学的是非。他为电影大师库布里克准备了《洛丽塔》的电影脚本，他还再一次修订了他的回忆录《说吧，记忆》。他将自己年轻时写的俄文小说译成了英文，将后来写的英文小说（包括《洛丽塔》）译成了俄文。像语言一样，蝴蝶仍然是他生活的主题（但是他放弃了编写《欧洲的蝴蝶》一书的计划）。1971 年 72 岁的纳博科夫出版了自他17岁自费出版的情诗之后的第二本诗集，其中包括39首俄文诗和14首英文诗。有趣的是，这本书中还包括18个国际象棋的棋局。这本书原文的题目是Poems and Problems（不妨译为《诗歌和棋局》）。纳博科夫用这直白的题目又一次“卖弄”了自己玩弄英文单词的绝活（也许正是为了这“卖弄”他才将棋局纳入这本诗集？）。一个小小的遗憾是，纳博科夫没有能够将这个时期的长度拖延到20年，让它与前三个时期完全相等。他于1977年7月（距离自己80岁生日22个月的时候）在瑞士洛桑的一家医院里去世。

《说吧，记忆》结束于纳博科夫第二次逃亡的终点，也就是“新大陆”出现在远处的地平线上的时候。它事实上是纳博科夫关于他的“前半生”的回忆。这本书出版于纳博科夫刚开始写作《洛丽塔》之后不久。在出版之前写给出版商的一封信中，纳博科夫提醒他们应该在这本书的封面上强调他的美国公民的身份。这个小小的细节进一步暴露了纳博科夫要成为一个“英语作家”的“燃烧的野心”。纳博科夫原以为这部苦心孤诣的回忆录能够给他带来广泛的声誉和稳定的收入。但是，结果却与他的愿望相悖。就像纳博科夫本人一样，纳博科夫说出的“记忆”还要等待一段很长的时间才能激动读者的耳鼓。《说吧，记忆》成名于它的修订版，也就是成名于《洛丽塔》出版十二年之后。这似乎印证了纳博科夫本人在这修订本出版前不久的一次采访中说的话。他说："洛丽塔是名人，我不是。我不过是一个名字不好发音的无名的小说家。"

幸运的是，这无名的小说家终于因为他的虚构人物而出名。他"并不如烟"的往事也从此引起了广泛的兴趣。传记作家格蕾逊称《说吧，记忆》是一块能够带领作者和读者在时空中自由穿梭的"飞毯"。借助这"飞毯"，一头钻进圣彼得堡郊外沼泽地里的11岁的纳博科夫，35年后却从科罗拉多州的落基山中走了出来。而他的手里仍然攥着35年前的那同一个扑捉蝴蝶的网袋。

事实上，没有无名的纳博科夫也就不会有出名的洛丽塔。纳博科夫用《名利场》杂志所称的20世纪"唯一可信的爱情故事"《洛丽塔》挑起了许多与文学有关和无关的激烈争论。首先，根据小说中零星的性描写是不是可以将《洛丽塔》定性为"色情"小说？生活于同一时代并都因"色情"而遭禁的英语作家劳伦斯（1885—1930）和乔伊斯（1882—1941）曾经就对方作品中的性描写互相指责。乔伊斯反感劳伦斯的直截了当，劳伦斯鄙弃乔伊斯的欲盖弥彰。而比他们小一辈的纳博科夫在两位大师死后多年又翻出陈年老账，升级了这连内行也不容易看出门道的攻讦。他对劳伦斯毫不留情，利落地给他扣上“色情作家”的帽子；而对乔伊斯，纳博科夫却心慈手软，只是对他行文的“不雅”加以挖苦和嘲讽。总而言之，他们都是前车之鉴。他自己要怎样才能够与这些“失足”的前辈划清界限呢？

文学难免不写“色”，文学必须要写“情”，但是，文学却不应该沉迷于“色情”。为了解决这个技术上的难题，纳博科夫还是从自己的强项（语言）上下手。《洛丽塔》的叙述者和男主人公本人是一位颇有功底的学者，他精通修辞的特效，尤其擅长于“词不达意”。他的叙述在“事故多发地段”总是小心翼翼，拐弯抹角，避实就虚。有评论家曾经剔出《查泰来夫人的情人》，《尤利西斯》和《洛丽塔》三部作品中著名的敏感段落来做比较，发现借助他的叙述者专业的语言才能，纳博科夫的确成功地避开了色情的嫌疑。

男女主人公关系的性质是关于《洛丽塔》的争论的另一个焦点。在小说之外，纳博科夫本人旗帜鲜明。他不仅经常强调自己“偏爱孩子”，而且在一次访谈中，更是明确地将男主人公定义为“一个装出动情的样子的自负又残忍的无赖”。但是在小说之中，纳博科夫却蓄意混淆“是非”。事实上，经过纳博科夫的塑造，洛丽塔几乎从来就不是那么可爱，而深深地爱着她的男主人公（她的继父）却并不总是十分可恨。更值得注意的是，纳博科夫将男女主人公迈进他们关系最深处的“决策权”交给了12岁的女方。在小说之中，是洛丽塔本人在听到母亲死亡的消息之后不久向已经为她神魂颠倒的继父建议一起来尝试她刚从夏令营里学来的“游戏”。大概正是本于这一关键的细节，名作家戴维斯（Robertson Davies）坚称《洛丽塔》的主题“不是一个狡诈的成人怎样让一个天真的孩子堕落，而是一个堕落的孩子如何利用一个脆弱的成人。”

纳博科夫的“表里不一”正好与他关于小说的看法相吻合。纳博科夫曾经机智地借用那个向村民们谎报“狼”情的孩子来说明小说的本性。那个著名的孩子为自己讲过的最后一次真话付出了生命的代价。在纳博科夫看来，小说是小说家的谎言，而小说家就是那个善于撒谎的孩子。如果高喊“狼来了”，而狼真的来了，这充其量不过是报告文学，而不是小说。正因为这样，听到小说家高喊“狼来了”，我们这些善良和道德的读者其实大可不必惊慌，因为，“狼”没有来，也不会来。

但是，尽管“狼”没有来，像《洛丽塔》这种高水准的谎言仍然足以引起我们内心的颤栗和恐慌。对《洛丽塔》的解读想绕过"道德"的关口无疑是不大可能的。事实上,小说的第一句话就将小说定位为"忏悔",将读者的注意力直接引进了道德的法庭。而在他的"忏悔"过程中,男主人公明确地将自己等同为"魔鬼",让身心的困境直接与最肤浅的价值判断相联系。"魔鬼"是男主人公对自己真实的评价,还是纳博科夫"媚俗"的谎言?

纳博科夫本人自然不在乎"文如其人"一类的陈词滥调,但是他对小说可能引起的道德纠纷还是心存顾忌。所以在小说初版后不久写给当时最权威的评论家威尔逊(Edmund Wilson)的一封信中,纳博科夫强调这部小说表现的是一种"贞洁的"关系。这表明纳博科夫与他的男主人公在道德问题上有不同的看法。而另一位权威的批评家与纳博科夫看法类似。他这样评论说:"他(小说的男主人公)总是将自己称为魔鬼,而(通过阅读)我们发现,自己越来越不能同意他了。"读者与人物的对峙显示了小说本身的魅力。

简单地说,《洛丽塔》之所以让我们颤栗和恐慌是因为它触动了我们每一个人的"隐私":当我们在爱一个人的时候,我们在一定程度上是为了自己的满足。这普遍的"隐私"会让我们每一个人以各种不同的方式在情爱关系中跨越道德的边界。

事实上，任何关系都是个体的欲望，神性的美感和集体的道德这“三要素”的自由组合。一种关系是否“贞洁”决定于这三者在总体中所占的比例。不幸的是，这种比例无法用简单的工具测量出来，而且它的指标又因人而异。因此，一种关系是否“贞洁”成了一个没有标准答案的难题，它通常不仅令当局者迷惘而且还令旁观者困惑。

在我看来，《洛丽塔》最令人心旷神怡和眼花缭乱的特征还是它语言的精细。从这个意义上说，用原文（英文）之外的语言来读它，感觉应该会大打折扣。借用语言学的概念，我们可以说《洛丽塔》的语言是一种行为，一种动作。通过极其细微和精致的语言动作，纳博科夫将读者带到了人物情感鲜为人知的深处。而这种动作通常看似游戏或者杂技，它给阅读带来了络绎不绝的欣喜和刺激。比如在第18章中男主人公谈到自己的“升职”时说，他从“房客”（lodger）变成了“爱人”（lover）。在这里，他选用的英文词不仅的确压了尾韵，看上去还好像压了头韵。而在第19章中，男主人公用不以为然的口气谈论起他新婚妻子（洛丽塔的母亲）过于健康的身体，他说对她尸体的解剖（autopsy）将会像读她的自传（autobiography）一样简单乏味。他选用的这两个英文词不仅表现了他对阻碍自己与洛丽塔关系发展的人的蔑视，而且 autopsy 的突现为洛丽塔的母亲死于车祸的重要细节埋下了伏笔。在《洛丽塔》中，类似的语言游戏俯拾即是。它自然是纳博科夫的“卖弄”，但更重要的是，它暴露了男主人公细腻的感觉和自负的个性。

我们还可以从许多其他有趣的角度去阅读《洛丽塔》。我自己在一篇英文论文中讨论过私车在这部小说中的特殊作用。我注意到，私车为男女主人公关系的发展提供了最关键的空间。横穿美国大陆是许多优秀的美国小说的骨架，也是《洛丽塔》的重要结构要素。但是如果不是因为私车的存在，这种穿越不可能加速事态的发展和情绪的跌宕。事实上，私车将男女主人公的关系不仅带到了地理上的极点，也带到了心理上的尽头：他们第一次身体的接触发生在私车里，男主人公最重要的幻想和策划都产生于行车的过程，而他所有的眼泪都流在私车里；还有，洛丽塔的母亲（男女主人公关系的最大障碍）死于车祸，而男主人公最后陈述的也是一段被警车围追堵截的场面。（顺便说一句，《洛丽塔》的初稿也是纳博科夫靠在自己车子的前排座位上，用铅笔在卡片上写成的。）

当年洛丽塔刚传入中国的时候，绝大多数读者对私车还没有切身的体会。时过境迁，私车现在已经成为大多数中国读者生活中不可缺少的部分。与此相应，中国读者的私生活也肯定发生了微妙的变化。在这种时候，带着理论联系实际的快感去重读《洛丽塔》，中国的读者也许会有许多新奇的发现。

在纳博科夫看来，他戏剧性的一生是“一个小玻璃球里的彩色螺旋”。“螺旋”表现了纳博科夫对生命的积极和辩证的态度。如果将他的20年“俄国时期”视为“正题”，他同样长度的第一个“欧洲时期”就可视为“反题”，而他的20年“美国时期”正好就是对立统一的“合题”。不可理喻的幸运和厄运突然都有了存在的理由，它们被心平气和地理解为个人生活不可或缺的组成部分。事实上，“螺旋”也是纳博科夫20世纪最有影响的同胞（他的“俄国时期”的掘墓人）用来普及历史唯物主义的著名意象。不同的是，纳博科夫给自己的螺旋涂上了色彩。“彩色的螺旋”不仅又一次证实了纳博科夫“视觉的敏感”，同时展现了纳博科夫对生命的光明和积极的态度。更意味深长的是，这“彩色的螺旋”被局限在“一个小玻璃球”之中。生命是有限的，透过这有限的生命陶醉于无限的语言的美，无限的自然的美，转瞬即逝的生命就获得了亘古不变的意义。

在1971年的一次访谈中，纳博科夫被问及他“在文学界处于什么位置”。他的回答简洁豪爽，并且再现了“视觉的敏感”。

“从那上面看去，风景好极了。”纳博科夫这样回答说。

而我们从我们所处的山脚下远远朝“那上面”望过去，也同样能够看到极好的风景。这是纳博科夫的生活和文学带给我们的感受和享受。

图书在版编目(CIP)数据

文学的祖国 / 薛忆沩著. —上海:上海三联书店,2012.5
ISBN 978-7-5426-3806-9

Ⅰ.①文… Ⅱ.①薛… Ⅲ.①书评-中国-现代-选集
Ⅳ.①G236

中国版本图书馆 CIP 数据核字(2012)第 046868 号

文学的祖国

著　　者 / 薛忆沩

责任编辑 / 黄　韬
装帧设计 / 睿　子
监　　制 / 任中伟
责任校对 / 张大伟

出版发行 / 上海三联书店
(201199)中国上海市都市路 4855 号 2 座 10 楼
网　　址 / www.sjpc1932.com
邮购电话 / 24175971
印　　刷 / 上海叶大印务发展有限公司

版　　次 / 2012 年 5 月第 1 版
印　　次 / 2012 年 5 月第 1 次印刷
开　　本 / 787×1092　1/32
字　　数 / 150 千字
印　　张 / 10.5
书　　号 / ISBN 978-7-5426-3806-9/I·577
定　　价 / 32.00 元

图书在版编目(CIP)数据

[illegible] 2012.3

[illegible]

[illegible]

[illegible]

定　价 32.00元